間諜教室 10

「高天原」莎拉

Kadokawa Fantastic Novels

草原
code name

間諜教室

SPY ROOM

「高天原」莎拉

10

竹町

illustration

トマリ

Kadokawa Fantastic Novels

彩頁、內文插畫／トマリ
槍械設定協助／アサウラ

SPY ROOM
the room is a specialized institution of mission impossible
last code takamagahara

CONTENTS

CHARACTER PROFILE

愛娘
Grete

某大政治家的千金。
個性嫻靜的少女。

花園
Lily

偏鄉出身、
不知世事的少女。

燎火
Klaus

「燈火」的創立者，
也是「世界最強」的
間諜。

夢語
Thea

大型報社社長的
獨生女。
嬌媚的少女。

冰刃
Monika

藝術家之女。
高傲的少女。

百鬼
Sibylla

出生於幫派家庭的
長女。
性格凜然的少女。

愚人
Erna

前貴族。頻繁遭遇
事故的不幸少女。

忘我
Annett

出身不明。
喪失記憶。
純真的少女。

草原
Sara

小鎮餐廳的女兒。
個性軟弱。

Team Otori

凱風
Queneau

鼓翼
Culu

飛禽
Vindo

羽琴
Pharma

翔破
Vics

浮雲
Lan

Team Homura

紅爐
Veronika

炮烙
Gerute

煤煙
Lucas

灼骨
Wille

煽惑
Heidi

炬光
Ghid

Team Hebi from 加爾迦多帝國

翠蝶

白蜘蛛

蒼蠅

銀蟬

紫蟻

藍蝗

黑螳螂

「CIM」from 芬德聯邦

「Hide」—CIM最高機關—

咒師 **Nathan**

魔術師 **Mirena**

及其他三人

「Berias」—最高機關直屬特務防諜部隊—

操偶師 **Amelie**

及蓮華人偶、自毀人偶等

「Vanajin」—CIM最大防諜部隊—

盔甲師 **Meredith**

鑄刀師 **Mine**

Other

影法師 **Luke**

偵察師 **Sylvette**

小丑 **Heine**

旋律師 **Khaki**

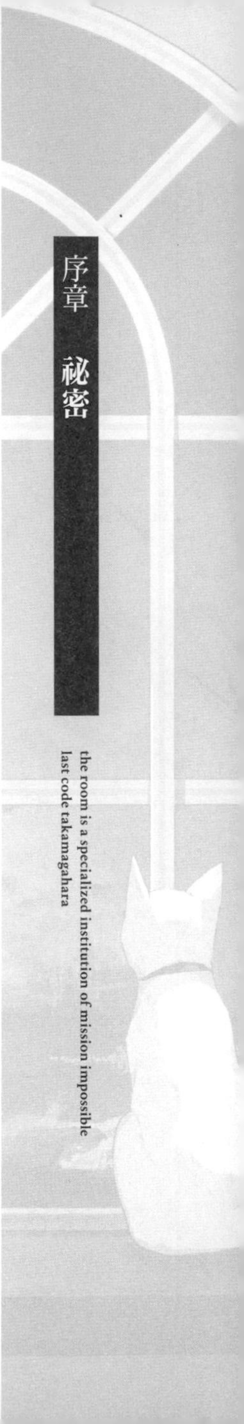

序章　祕密

the room is a specialized institution of mission impossible
last code takamagahara

現在回想起來，一切都是從那一天開始的。

——「我有一個特別任務要交給你。你從明天開始離開團隊，單獨行動。」

那一天，師父基德分派了特殊任務給克勞斯，要他離開迪恩共和國的間諜團隊「火焰」，獨自前去執行艱難的任務。可是，這一切其實全是師父的策略。向加爾迦多帝國的神祕間諜團隊「蛇」倒戈的他，故意讓克勞斯遠離「火焰」，打算藉機暗殺所有成員。當然，他也有對當時人在別馬爾王國的克勞斯設下陷阱。

——「吶，笨徒弟。等這件任務結束之後，你就自稱某個稱號吧。」

——「世界最強的間諜。」

當時基德究竟是抱著何種心情這麼說呢？依師父的個性來推測，他大概是想挖苦克勞斯吧。又或者，他內心其實懷抱著連他自己也不明白的期待？克勞斯的這番期望會是空想嗎？

結束特別任務回來的那一天，克勞斯得知「火焰」毀滅的事實。儘管身陷絕望深淵，他還是必須採取行動。當克勞斯見到基德被送回來、損壞嚴重的遺體時，他立刻察覺那是偽裝，因為他是和基德最親近的人。想要騙過基德，需要他所不知道的間諜。於是克勞斯集結培育學校的吊車尾少女們，成立了「燈火」。

克勞斯擊敗了基德。保護克勞斯而遭殺害的他在臨死之際，說出「蛇」這個組織的名字。

追查「蛇」的任務就此展開。克勞斯將潛入迪恩共和國的間諜一一逮捕，並且格外仔細盤問強者，結果從名叫「屍」的男人口中打聽出「紫蟻」的情報。儘管抓到「紫蟻」後沒能掌握太多情報，卻獲得了其他報酬。

「燈火」的少女們成長了。

她們成為他無可取代的同伴。

克勞斯持續和她們一起與「蛇」交戰。名為「鳳」的同胞間諜團隊在臨死之前，留下了「蛇」的情報。克勞斯和少女們四處奔走，在芬德聯邦打倒「蛇」的成員，之後從他們殺死的「火焰」成員的藏身處找到機密文件。

——「曉闇計畫（Nostalgia Project）」。

——預測第二次世界大戰即將爆發，由大國領袖們發起的神祕計畫。

克勞斯十分確定這是世界的祕密。

師父背叛的理由、失去「火焰」的理由、「鳳」必須被殺死的理由，以及「蛇」這個組織誕生的理由。

「燈火」成立兩年後，克勞斯終於即將找到真相。

而他，如今身在加爾迦多帝國的首都達爾頓。

◇◇◇

吸入體內的空氣中有一股鐵鏽味。

克勞斯實在無法喜歡當他下車來到加爾迦多帝國的車站時，撲鼻而來的那股氣味。

他已經好久沒有造訪首都達爾頓了。自從執行奪回生化武器的任務至今，已經過了將近兩年的時間。

這是一個從前在世界各地都擁有殖民地，極其繁榮的國家。高聳尖塔林立的景象是祖國迪恩共和國所沒有的，無論何時看見都深受震撼。首都附近人潮眾多、十分熱鬧，感覺不出長期處於經濟不景氣的狀況之中。大概是這幾年的經濟有所提升吧。

儘管戰敗，身為世界數一數二大國的事實依舊無可動搖。

由於克勞斯已被加爾迦多帝國的諜報機關盯上，於是他做了變裝。在嘴裡塞了東西，戴上眼鏡和鬍子，大幅改變外表的印象。就連認識克勞斯的人，應該也會從他身旁經過而渾然不覺。

他是獨自行動。

沒有和「燈火」的部下們同行。他和她們已經有將近一年沒有見面。平時僅透過文書交流，不會直接見面。

「我們『燈火』——將會離散一年。」

從前，他在馬紐斯島的假期尾聲如此宣告。

一如他所言，如今「燈火」是以兩人為一組，分散各地。成員們在克勞斯所指示的地點，各自努力執行任務。

一切都是為了掌握「曉闇計畫」的全貌。

和她們的那場會議，至今仍宛如昨天才發生一般記憶猶新。

◇◇◇

「燈火」即將離散之前，克勞斯一如往常地將少女們聚集在陽炎宮的大廳裡。

「我們要掌握起源於萊拉特王國的『曉闇計畫』的全貌。」

這個計畫的發起人據說是萊拉特王國的首相。

芬德聯邦和穆札亞合眾國這兩大國也涉入其中。如果要在這三國中的某處進行調查，選擇身為出處的萊拉特王國應該最恰當。因為穆札亞合眾國的防諜機關十分強大穩固，芬德聯邦則是如今情勢極為混亂，無法掌握誰與計畫有關。

況且從之後即將說明的狀況來看，也是選擇這個國家比較適當。

克勞斯告知眼神認真的少女們具體方法。

「我要同時進行兩個計畫。」

他豎起兩根手指，之後隨即彎下其中一根。

「第一個是正攻法。也就是和萊拉特王國的中樞，首相或國王的親信接觸，探查計畫。」

以間諜來說，這是十分正統的做法。

接近首相的祕書或親信，令對方吐露實情。無論透過交涉還是威脅都可以，如此一來或許就能輕易獲取情報。另外闖入官邸竊聽對話也是一個方法。

可是如果這樣就能得到國家機密，就不需要這麼辛苦了。

「坦白說，我認為非常困難，因為國家的中心有『妮姬』在坐鎮。她是戰無不勝的謀略之神。一旦接近，她必定會出面阻撓。所以這是誘餌，下一個才是真正的計畫。」

必須避免和「妮姬」正面對立。

即使會繞遠路，也應該選擇成功率較高的計畫。

「第二個計畫是——在萊拉特王國發起革命，削弱『妮姬』。」

八名少女聽了無不倒吸一口氣。

但是，克勞斯認為這是最好的辦法。

改革政治、行政的根基，是間諜最終極的手段。即使是「妮姬」，她也不過是侍奉國家的公僕。只要改變高層就能削弱她。

「我、我有兩個問題。」

姿態嬌媚的黑髮少女——「夢語」緹雅表情困惑地舉手發問。

「首先，請告訴我們關於『妮姬』的事情。我的確有聽過這個名字，可是她究竟是什麼樣的人？難道連克勞斯老師也很難正面擊敗她嗎？」

其他少女們也點頭附和緹雅的話。

「這個名字算是很有名氣呢。」、「我好像是在孤兒院聽說的？只不過我當初聽到的名字是『米姬』……」、「我記得合眾國的軍人是叫她『妮蕾』耶。」少女們議論紛紛。

看來她們各自都曾經耳聞。

「她就是這麼一位大名鼎鼎的人物。不只是間諜，就連小孩子也知曉的例外中的例外。不過，她確實存在。」

以世間的知名度而言，她大概比那個「紅爐」還要出名吧。

雖然這是因為「紅爐」並不特別想要出名的關係。

「在間諜業界，也有人稱她為『終幕間諜』。」

由於少女們一臉茫然，克勞斯於是接著說明。

「終結世界大戰的七名間諜——『紅爐』、『炬光』、『咒師』、『影種』、『鬼哭』、『八咫烏』。然後，名列這群怪物之中的第七人就是『妮姬』。」

儘管這只是部分間諜對他們的稱呼，然而他們是世界頂尖間諜這件事毋庸置疑。

只不過「紅爐」、「炬光」、「影種」已經過世，「鬼哭」則聽說已經引退了。

「其中『妮姬』可說是無懈可擊。她不僅擅長利用響亮的知名度以無礙辯才煽動他人，在世界各國擁有許多門路，同時也深受部下的尊敬和信賴。此外，她本人也擁有具破壞性的戰鬥技術。如果是我就不會輸給她——我雖然也想篤定地這麼斷言，卻無法提出確切的根據。」

因此高層嚴令克勞斯「不可以直接挑戰她」。

因為現在的迪恩共和國無法承擔失去「燎火」克勞斯的風險。

「無論如何，第一個問題我算是明白了。」

緹雅點點頭，然後提高音量大聲嚷嚷。

「可、可是革命是怎麼回事？只是探查一個計畫，有必要搞得這麼誇張嗎？這麼做影響實在太過巨大——」

「因為基於其內容，我們有必要摧毀那項計畫。」

見到克勞斯即刻回答，緹雅露出不解的表情。

「……？可是我們尚未查明內容啊……」

「但是可以預料得到。我反倒想問問妳們是怎麼看的？」

克勞斯問道。

「『炬光』基德、『操偶師』亞梅莉、『白蜘蛛』——那些為了阻止這項計畫而行動的人，看起來像是低俗又愚蠢的壞蛋嗎？」

加爾迦多帝國的神祕間諜團隊「蛇」。

從「白蜘蛛」的言行舉止間，可以推斷出「蛇」是為了阻止計畫而行動。「白蜘蛛」試圖對抗大國所建立起來的強者規則。

雖然不喜歡「蛇」採取的手段，但是他們應該有自己的一套正義。

而那套正義讓克勞斯的師父基德選擇成為叛徒。

「但他們之中也多得是不惜殺人的人渣。」

頂著一頭不對稱髮型的藍銀髮少女——「灰燼」莫妮卡喃喃地說。

「可是就連曾經發誓效忠國家的亞梅莉小姐，最終也向『蛇』倒戈了。」

眼神如刀刃般銳利的白髮少女——「百鬼」席薇亞開口。

當然，克勞斯對於「蛇」這個組織是持否定態度。他自始至終，都和選擇無情地將一般人牽扯進來的「白蜘蛛」勢不兩立。

但儘管如此，克勞斯仍不想全盤予以否定。

「至少我沒有產生任何好的預感。」

雖然那不過是一種直覺，但是為了迪恩共和國的未來，他想要事先掌握能夠干涉計畫的力量。為此，「燈火」有必要深入國家的中樞。

「百分之零點三——這是萊拉特王國內有權人士的比例。」

「「「嗯？」」」

「只有高額納稅者擁有選舉權，居於高位的高額納稅者更是擁有雙重投票權。即使被選為眾議院議員，也唯有國王擁有提出法案的權力。國家是靠著國王、首相和內閣在運作。憲法是國王自己訂立的欽定憲法。出版品會受到審查，政府隨時都能讓出版社停止營業。二十人以上的集會遭到禁止，政治結社則是採認可制。財富和權力由上流階級獨占，遺產稅僅適用於人民。警方和法院的高層全為世襲，貴族的罪行會被放過，與之對抗的國民則會遭到逮捕。」

克勞斯每說一句，少女們便愈顯錯愕。

這些內容她們應該都在培育學校學過才對，可是再次聽聞那落後上百年的法律制度，她們依舊不禁愕然失語。

「從這種腐敗至極的王政府誕生出來的『曉闇計畫』，只會給人不祥的預感。」

「姑且不管什麼『曉闇計畫』，光是聽到這些就讓人希望發生革命了……」

聽完克勞斯的說明，緹雅臉色一沉。

「國民難道不會生氣嗎？感覺就算我們什麼都不做也會發生革命。」

「這個國家生了『某種病』。事情沒那麼簡單。」

「…………？」

「這我晚點再解釋。民主革命失敗的國家——萊拉特王國會有這種稱號是有原因的。」

由於克勞斯的語言表達能力低落，因此只能以比喻的方式來表現。

可是，確實有一股只能以此形容的不平靜氛圍正在全國蔓延。

「還有其他問題嗎？」

「不，沒有了。這次的規模肯定比以往的任務都來得大，所有成員將分散各處這一點可以理解。」

說到這裡，緹雅將手擱在自己胸口上。
「換句話說——這件任務非常適合我！」
「……嗯？」
「我會煽動民眾，成為這個國家的英雄。沒有比我更適任的人選了。」
緹雅興奮地說道。她將烏亮的頭髮一撥，露出陶醉的笑容，結果換來其他少女們的白眼。
原來她會積極提問是這個緣故啊。
以她本人的資質和能力來說，她的確是合適的人選。
「我有擺脫穆札亞合眾國的惡夢，在芬德聯邦成為反政府結社的首領的實績。沒有錯！只要以我為中心展開行動，任務必定能夠順利達——」
「不，不是妳。」
「咦？」
「作戰計畫的中心人物是——愛爾娜。」
克勞斯一公布，少女們同時發出「「「「嗄？」」」」的驚呼聲。
「為什麼啊！」緹雅也尖聲抗議。
被指名的當事人愛爾娜也「呢？」地歪了歪腦袋。
這名少女在過去的任務中，經常都是擔任輔助的角色。由於她在「燈火」裡和安妮特同為最年少的成員，因此基本上都是擔任後衛，不會置身任務的中心。

可是這一次，有非請她在最前線行動不可的理由。

「理由有好幾個——」

克勞斯正準備說明時，愛爾娜忽然一臉恍然大悟地站起身。

才在想她是怎麼了，就見到她快步走過來，然後抓住克勞斯的手，用力緊握。

「……妳怎麼了？」

「老師，你就算什麼也不說，愛爾娜也明白呢。」

她依舊緊握克勞斯的手，面露柔和的微笑。

「謝謝你這麼仔細關注愛爾娜。」

「嗯，原來妳有感受到啊。」

「那當然呢。因為愛爾娜和老師的交情很深呢。」

「這樣啊——好極了。」

因為她好像希望克勞斯那麼做，於是克勞斯溫柔地撫摸她的頭。宛如羽毛般柔軟的觸感。在克勞斯的手底下，愛爾娜舒服地發出「呢～～」的聲音。

一旁，莫妮卡用冷淡的語氣吐槽：「所以呢？妳為什麼要特地站起來？」，席薇亞則「八成是因為分開讓她感到寂寞，她才想要撒嬌吧」這麼解說。

「不需要一一說出來呢！」

愛爾娜面紅耳赤地回到沙發上。

緹雅雖然依舊不服氣地鼓著臉頰，但大概是在葛蕾特的勸導下總算接受了，只見她大大地嘆了口氣。

由於不小心離題了，克勞斯再一次加強語氣拉回正題。

「總之，要發起革命需要經過許多繁雜的步驟。但是有一點我希望妳們能隨時謹記在心，那就是革命不過是一種手段。我們的最終目的只有一個。」

少女們斂起表情。

克勞斯微微點頭。

「得到導致『火焰』和『鳳』毀滅的元凶『曉闇計畫』——世界的祕密。」

一聽見「鳳」的名字，她們的神情立刻改變。

少女們身上已然背負著無法退讓的使命。

◇◇◇

回想起和少女們的會議，克勞斯再次深吸一口氣。

瀰漫在加爾迦多帝國首都的鐵鏽味，讓他重新體認到自己遠離任務的中心，也就是萊拉特王國的事實。

這次和以往的任務截然不同。即使有強者企圖攻擊少女們，克勞斯也無法保護她們。

在即將分離的最後一段時間，克勞斯比平常更加仔細且嚴厲地訓練她們。他狠下心來，對她們徹底施行自己在「火焰」時代曾經接受過、有時甚至會嘔吐的訓練。

現在，她們總共分成了四組。

儘管危險程度不一，但個個都是高難度的任務，而且都同等重要。「燈火」將團結一致，齊心克服這項嚴苛的任務。

（不對。）

正當他準備做出結論時，某個景象忽地掠過腦海。

（……唯獨一人，我也曾踐踏過某個少女的想法。）

在任務開始之前，有人對克勞斯的方針提出了異議。

那是在「燈火」很少發生，認真對克勞斯發出的抵抗。

——「小妹無法接受……！」

——「請修正這次的作戰計畫。」

少女額頭上冒著汗，滿臉通紅地這麼主張。她大概是抱著必死決心，努力表達出內心的想法吧。

克勞斯正面踐踏了她的想法。

他使用帶有暴力色彩的手段，拒絕了少女發自內心的抵抗。

（一切不能就此停止。）

雖然感到抱歉，可是克勞斯已經下定了決心。縱使一名部下發出反對的聲音，任務也不能變動。

他向前邁開一步，離開車站。

少女們此刻應該正在努力執行任務吧。

可是，克勞斯無法趕赴她們身邊。他有著比高層命令更重要的理由。

「……因為我有我非完成不可的工作。」

克勞斯靜靜地走在尖塔林立的城市中。

前所未有的激昂與興奮令他焦灼難耐。他又朝著世界的祕密靠近了一步。

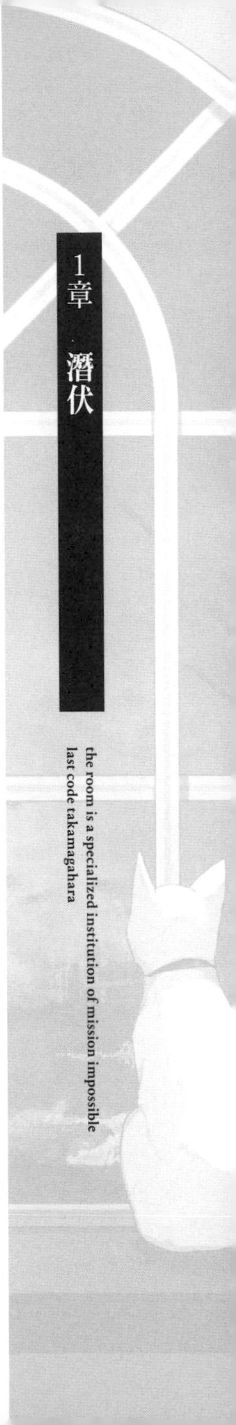

1章　潛伏

the room is a specialized institution of mission impossible
last code takamagahara

——世界上滿是憂愁與恐懼。

十二年前結束的那場世界大戰，為參戰的西央諸國帶來嚴重的禍害。戰爭結束後，各國紛紛簽定和平條約，並且開始朝著國際主義的方向轉換政治方針，以免重蹈悲慘戰爭的覆轍。由於軍方也將國家預算撥給諜報機關，間諜的時代於焉來臨。

威脅、暗殺、煽動革命、支援反政府組織等等，這是一場由間諜上演的影子戰爭。政治上儘管混沌，但是對一般人民而言，這是和世界大戰相比較為平穩的時期。

可是隨著時間流逝，人們的心中開始產生不安。

——人類真的不會再次掀起世界大戰嗎？

間諜之間益發激烈的鬥爭，也開始為在此之前毫無瓜葛的人們帶來不安。

曾經參與世界大戰的別馬爾王國發生政變。在超級大國穆札亞合眾國的首都舉辦的國際會議背後，有許多人遭到暗殺。半年後，就連大國芬德聯邦的皇太子也遭人暗殺，首都的治安因此大亂。

連一般人民也感應到有事情正開始轉變的預感。可是，間諜不會就此停止。

為了儘早掌握世界接下來的動向，他們將繼續暗中行動。

◇◇◇

凡事都有好的一面和壞的一面。

萊拉特王國的貴族們造成的腐敗政治，引發了社會分化。

可是另一方面，也無可否認貴族們長年以來的統治，促使了藝術繁榮發展的事實。在貴族的贊助之下，這個國家在藝術方面的人才輩出。全世界的優秀藝術家都為了尋求貴族的支援，紛紛來到這個國家。

由於世界大戰時演變成總體戰，萊拉特王國成為參戰國中死亡人數最多的國家。

可是，女性必須到軍需工廠工作的結果，卻使得女性的社會參與程度一口氣有了進展，由女性設計師創立的服裝、珠寶飾品的品牌也增加了。

經歷這番有好有壞的社會情勢之後，這個國家有了「藝術之國」的稱號。

尤其首都琵爾卡，整座城市就是一件藝術品。

走在街道上，草莓圖案的可愛招牌、一群微笑小豬的招牌、漂亮的蝴蝶結招牌紛紛映入眼簾。那些分別是兒童鞋店、肉鋪、手工藝品店的招牌，每個店家都將設計精美的招牌懸掛在店門前。每條道路則都被賦予「三隻奔跑貓咪之路」、「龍覺醒之路」等獨特的名字。

觀光客光是在路上走個一百公尺，大概就會不由自主停下腳步超過十次吧。

建築全為美麗的石造，在陽光照射下白皙閃耀。貴婦人們抱著籐籃走在石板小徑上，前往名為拱廊街的商店街。

而在那樣藝術氣息洋溢的城市一隅，有一名少女正難受地扭動打滾。

「呢喔喔喔喔喔喔喔喔喔喔喔喔喔喔喔！」

位於小巷深處，一棟即將拆除的廢棄房屋的三樓。

金髮少女不停捶打鋪在地板上的木板。

「好想躺在床上睡覺呢喔喔喔喔喔喔喔喔喔喔喔喔！」

她是「愚人」愛爾娜。

迪恩共和國的諜報機關「燈火」的成員。她接獲老大克勞斯的命令，已在這個國家臥底一年。將頭髮一鼓作氣地剪短，身高也長高了一些的她，如今已出落成和十六歲的年齡相符的模樣。

但是如今，她卻像個鬧脾氣的孩子般，在廢棄房屋裡號啕大哭。

「好想吃熱呼呼的食物呢！好想沖澡呢！好想換上乾淨的衣服呢！睡在爬滿老鼠和蟲子又充滿霉味的地方，已經讓人受——夠——了——呢！」

一旁，灰桃髮少女——「忘我」安妮特咯咯笑個不停。頭髮變得比一年前還要長，給人感覺更加脫離現實的她揚起嘴角。

「本小姐果然還是比較喜歡愛爾娜『呢～』、『呢～』的說話方式！」

「少囉嗦呢！」

愛爾娜紅著臉大喊。

可是，她隨即就像為胡亂嚷嚷的自己感到羞恥一般掩住嘴，「是時候該畢業了……呢……」地小聲嘀咕。

她現在正努力矯正「呢」、「不幸……」的口頭禪，但只要在安妮特面前就容易破功。

「嗚嗚，明明不久前還能睡在溫暖的床上。」

「本小姐二人現在正在逃亡！」

「這下肯定會被學校處以退學處分呢。」

「因為那群『創世軍』毫不留情呀！」

這時，原本愉快地正在休息的安妮特似乎發現了什麼，忽然走到窗戶旁。她從只有木框的窗戶向外探身，舉起望遠鏡。

「啊，發煙裝置啟動了！就是本小姐安裝在昨晚過夜的儲藏室裡的玩意兒！」

愛爾娜從安妮特手中接過望遠鏡，注視她指向的天空。

距離這裡約莫幾百公尺處冒出了白煙。

「看來對方並沒有受到本小姐的誘導。」

安妮特點點頭，一臉佩服。

愛爾娜忍住想要咂舌的衝動。雖說兩人正在逃亡，但還是得吃喝才行。每次籌措糧食時，無論如何都必須與人見面。

對方大概是透過目擊者，縮小了包圍網吧。

「先來整理狀況呢。」

她一度調整呼吸，看著正在眺望窗外的安妮特。

「首先當前的問題，就是愛爾娜二人正遭到『創世軍』追捕。」

萊拉特王國的諜報機關「創世軍」——追捕愛爾娜二人的人物。

她們兩人現在所在的位置，是琵爾卡十九區中移民和工人聚集的地區。

這個區域在世界大戰時遭受破壞，即使已經過了十二年，至今依然遭到棄置而沒有被好好地整修，於是貧困者擅自把這裡當成自己的地盤，在此生活。

只要下雨，汙水就會流進來的惡劣居住環境。

愛爾娜二人給了那裡像是首領的人一筆錢，請對方讓她們偷偷地住下來。

她們之所以這麼做是有很重要的原因。

「因為本小姐二人是殺人犯～」愛爾娜悠哉地笑道。

沒錯，上星期她們涉入了殺人事件。

她們原本是以留學生身分就讀名為聖卡達拉茲高等學校的一般學校，過著完美的臥底生活。可是愛爾娜救濟流浪漢的行為卻被「創世軍」的防諜情報員盯上，要對她進行搜身。

當時，兩人和防諜情報員打了起來，最後奪走他們的性命。

殺人這個倫理問題固然令愛爾娜內心感到煎熬，可是她沒有餘裕顧慮那麼多。他們過去曾經殺死好幾名無辜的流浪漢，況且要是不殺了他們，愛爾娜二人也會有生命危險。

「既然發煙裝置啟動了，就表示對方確實正在追捕愛爾娜二人。」

「是的，雖然本小姐已經對殺人事件的關係人封口了！」

「對方一定是循著搜查紀錄而來呢。」

「這下只能捨棄學生的身分了！」

只能捨棄住所也捨棄學生身分，僅帶著身為間諜手中握有的情報、武器及少許金錢，展開逃亡。

這樣的生活如今已來到第六天。

「不管怎樣，現在也只能盡量保持低調——」

愛爾娜拿起手邊沒什麼重量的錢包。

「——可是資金和道具都已經見底了。」

「這也是沒辦法的事！要是本小姐不動手腳就沒法逃跑。」

逃亡過程中，安妮特大大展現了她的工藝技術。

無論是使用鐵絲安裝的警報裝置，還是為了安排潛伏地點，於是動手腳把信混入郵件中，這些全是由她進行。愛爾娜儘管直覺敏銳卻並非萬能。

然而一旦沒有錢，最終還是會完蛋。

「本小姐二人幾乎都把錢花在武器上了！只能再戰鬥一次了！」

「嗯，現在要做的事情就只有一個呢。」

確認完狀況後，她們得出一個再理所當然不過的結論。

「有必要找到願意提供潛伏地點——當前的食衣住的對象呢。」

想要找到類似贊助者的人。

願意藏匿身為迪恩共和國間諜的她們的協助者。這對在異國孤軍奮戰的間諜而言，是必要且不可或缺的生命線。

「首先是確保人身安全。要是辦不到這一點，根本不用提什麼革命呢。」

「本小姐認為再這樣下去會走投無路！」

可是，事情當然沒有這麼簡單。

克勞斯雖然有提供迪恩共和國的協助者和同胞的名單，卻無法肯定百分之百安全。對方有可能已經被「創世軍」盯上了。

確認對方是否值得信賴也需要時間。可是在那段時間裡，「創世軍」仍持續在進行追捕。

「幸好接下來已經和一人約好要見面了……」

她們透過他人送信，成功悄悄地把對方約出來。究竟對方是否願意成為同伴，這一點還不確定。

正當愛爾娜用裙子擦拭冒汗的手掌時，安妮特露出揶揄的笑容。

「不會有事的啦，愛爾娜。」

「嗯……？」

「萬一發生什麼狀況——**還有本小姐在。**」

「…………」

那張滿不在乎的天真笑容，令愛爾娜感受到不寒而慄的恐懼。

真的無計可施時，只要威脅某處的居民就好——安妮特的意思是這樣。

自一年前在芬德聯邦的任務以來，安妮特便不再隱藏她凶暴的本性。如果是她，就有辦法面不改色地挖掉別人的眼球。

愛爾娜雖然並非完全沒有察覺，仍不由得再次感到戰慄。

（就某方面而言，她比「創世軍」還要棘手呢。）

她強忍著不開口，免得被本人發現自己的想法。

（……必須謹慎對待這個人。）

這也是此次任務令人煩惱的問題。

安妮特是鬼牌。她雖然擅長殺人，可是持續依賴她只會讓敵人增加。

上星期殺死「創世軍」的防諜情報員一事也是一樣，雖說她是為了保護愛爾娜，此舉卻也使得兩人不得不捨棄潛伏地點。

——安妮特和愛爾娜是從前不曾一起出過任務的組合。

周圍沒有莎拉、席薇亞這些善於照顧人的年長者。現在能夠控制安妮特的就只有愛爾娜。

「妳不用多管閒事。」

愛爾娜無視安妮特的提議，拿出懷錶確認時間。

接著深吸一口氣，站起身。

「約定的時間到了呢。這次要是失敗了，今天就要露宿街頭呢。」

◇◇◇

琵爾卡十區內有一條巷子，許多被稱為餐酒館的大眾酒吧在此林立。

這種酒吧的特色是沒有隔牆，整個空間形成一座大廳，人們可以在此享用到便宜的啤酒。如果是地點比較靠近市中心的店家，或許就能見到受僱於大型電影公司的劇作家、演員、導演在討論嶄新表現方式的景象，可是這個區域的客層給人的印象較為粗野，來此光顧的顧客以石匠、水管工人等都市勞工為主。多數店家的招牌料理都是生蠔，在看不習慣的愛爾娜眼裡十分奇特。

愛爾娜和安妮特進入的是其中一間餐酒館。

大概是以出入酒吧來說她們的外表稍嫌稚嫩吧，一進去，好幾個大人就不客氣地打量她們。

酒吧對正在逃亡的人來說不是個好地方，但仍有必要冒這個風險。要是叫出來的對象起了戒心、不肯赴約，那就得不償失了。

所幸那人有出現在約好的地點，而且已經開始喝酒了。

「——美妙的晚餐必從空腹開始。」

在餐酒館的深處，一名看似個性敦厚的青年舉起啤酒杯這麼說。

「真沒想到居然會有女學生約我一起用餐。」

根據事前調查，青年的年齡為二十六歲，是一名好比將耿直二字化為實體、態度真誠的年輕人。髮型則是宛如操場草皮一般，一絲不苟地將頭髮直直地從中分成兩邊。只不過從全身整體來看，繫著時髦領帶的他給人的印象並沒有那麼拘謹。

約翰．蒙東維爾。國內最頂尖的法學名校，尼可拉大學法學部的五年級生。

「美妙的晚餐～」這句話應該是這個國家的諺語。

他的桌上擺著許多貝類料理。

一入座，他便將盤子移到愛爾娜二人面前。安妮特的眼神立刻亮了起來。

愛爾娜一邊掩飾飢腸轆轆的聲音，一邊面向他。

「謝謝你願意赴約。」

「因為信封上有聖卡達拉茲高中的校徽啊。」

約翰故作瀟灑地對愛爾娜眨眼。

「難得有閉月羞花的女學生約我，我當然不能拒絕了。我可是雀躍得很呢。」

「呃，我找你來不是為了那種事……」

「開玩笑的。我一見到信被混在行李裡面，就猜想應該是有什麼隱情。況且妳還約在這種地方，我立刻就放心地確定這不是仙人跳了。」

約翰揶揄似的搖搖手。

他給人的印象雖然輕浮，卻似乎具備理性思考的能力。

愛爾娜簡單地自我介紹。告知兩人在萊拉特王國自稱的假名，以及是迪恩共和國的留學生這些虛假的經歷後，這才進入正題。

「我聽說你是學生宿舍的宿舍長。」

她微微低頭。

「希望你可以藏匿我們，把沒有人使用的房間借我們住。」

「原來如此。」約翰泛起淺笑。「看來我的桃花期果然還很遠。」接著這麼說。

尼可拉大學有超過十間學生宿舍，主要是由學生自己負責營運管理。

尊重學問自由的校方對學生們的住宿生活採取近乎放任的態度，從不干涉。據說也有連不曉得是否還在讀大學、居無定所的年輕人混入其中。

身為其中一間學生宿舍的宿舍長的約翰壓低音量。

「……我可以問發生了什麼事嗎？」

「『創世軍』正在追捕我們。事情發生在一星期前，我個人在救濟流浪漢時，遭到『創世軍』的尼盧法隊盤問。」

愛爾娜低下頭。

「當時，有三名男性聯合將我……」

她沒有繼續說下去，而是藉此讓對方產生想像空間。但實際上，她在蒙受具體傷害之前就採取應對措施了。

約翰深深地蹙眉。看樣子，他確實如愛爾娜所計劃的做出了想像。

愛爾娜很清楚自己的容貌楚楚可憐，看起來就像一名命運坎坷的不幸少女。這一年來，愛爾娜努力磨練將其作為武器的技術。

「我受不了於是做出抵抗，結果卻被懷疑是他國的間諜……如今成了遭人追捕的對象。」

「這真是太糟糕了。」

約翰重重地嘆息。

「啊啊，怎麼會有如此離譜的事情。我早就知道尼盧法隊無可救藥的惡行。這真是太令人氣憤了。」

他誇張地用手捂住臉，左右搖頭。

見到約翰完全聽信自己的話，愛爾娜暗自在內心擺出勝利姿勢。

愛爾娜以前很不擅長溝通交流，然而如今她已具備與人應對的能力。這都是多虧「燈火」的同伴解除了她的防備心。

現在的她，已具備一名間諜應該習得的所有技術。

磨練所有技能——就連從前不擅長的色誘也是！

「……要是你肯藏匿我們，我必定會有所回報……」

為了迷惑對方的心，她紅著臉，怯生生地仰望著他說。

「雖然我很害怕男人，但是因為我所能給的……就、就只有自己的身體，所、所以我願意和你同床共枕——」

「——不，妳不用那麼做。」

約翰一口回絕了。

再次望向他的臉，只見他一臉倒胃口地搖手。

「…………」

「我剛才那麼說真的只是在開玩笑。我才不會對未成年少女出手哩。」

「…………」

「況且妳後半段的語氣那麼僵硬，妳就別勉強自己了。」

「…………」

遭到徹底否定的愛爾娜只能沉默。

這時，一直在旁邊聆聽的安妮特捧腹大笑。

「本小姐還是第一次見到這麼拙劣的色誘！」

「我自己也知道，妳給我閉嘴呢！」

由於愛爾娜並不是真的打算出賣身體，因此遭到否定反而令她惱火。

約翰苦笑著說「我已經明白妳的決心了」，但隨即沉下臉來。

「可是，我沒辦法隨便幫妳。」

「嗯……」

「這是當然的吧？要是藏匿妳，連我也會被『創世軍』抓起來。」

他露出苦惱的神情，搖搖頭。

「再說，妳為什麼要找只是一名學生的我幫忙？應該有其他比我更適合的人吧？」

「…………」

他說得非常有道理。

愛爾娜當然不是胡亂挑選潛伏地點。她決定亮出手中的一張牌。

「——我知道關於你父親的審判紀錄。」

話一說出口，約翰的表情立刻僵住了。

愛爾娜接著說下去。

「你的父親從前住在琵爾卡十八區，在印刷公司工作，和已經過世的妻子育有兩男一女。四年前他受身為政治運動家的朋友請託，祕密印製及發送譴責政府的印刷品，後來於兩年前遭『創世軍』逮捕。刑事審判的結果是被判處不得緩刑的有期徒刑，不僅如此，財產也被當成反政府活動的資金遭到扣押。無論看在誰的眼裡，這顯然都是用來殺雞儆猴的不當裁決。除了長子外，其他孩子都被住在別馬爾王國的親戚收留，在那裡生活。」

約翰瞪大雙眼，一副不可置信的模樣。

這大概原本是無人知曉的祕密吧。

「我全都知道。如果是你，你應該會願意站在我這一邊。」

愛爾娜之前在某間律師事務所打工了八個月。她從辯護紀錄中，將被認為有反政府思想的人全部列成清單，收藏在微縮膠捲裡。

這是她這一年來，辛勤打造出來的武器之一。

儘管最終沒能學會色誘，然而其他能力確實有所提升。

約翰大大地嘆一口氣。

「妳到底是從哪裡得知我的個人情報？」

「只是碰巧聽說而已。」

「好奇心是邪惡的缺點——最近的學生真可怕啊。」

他引用這個國家的諺語。

「因為害怕王政府，所以連報社都沒有報導這起事件。」

對王政府發起的反抗、抵抗行動，未必全都會被報導出來。

愛爾娜之所以會到律師事務所打工，為的就是要掌握沒有登上報紙的事件。雖然想必有比那多出上百倍的抵抗運動甚至沒有獲得審判，就這麼埋葬在黑暗之中。

「總之，我明白妳找我幫忙的理由了。」

約翰左右搖頭。

「可是妳打錯算盤了，我沒辦法站在妳那一邊。」

約翰舉起啤酒杯。

愛爾娜嗯了一聲，注視豪邁喝著啤酒的他。

「說起來，我父親會被判刑是理所當然的事情。」

他將酒杯擺在桌上，吐了一大口氣。

「我並不是對王政府毫無不滿，可是我父親確實有和加爾迦多帝國間諜往來的嫌疑，過去也對暴力革命予以肯定，所以理所當然會有這樣的下場。」

「怎麼這樣……」

「我父親被捕時，『創世軍』和國王親衛隊的那些人也審問了身為家人的我們。連什麼都不知道的我們都被當成對國家不忠之人，這真的令人非常困擾。」

大概是當時的記憶讓他感到痛苦吧，他的眉間擠出深深的皺紋。

約翰一副不耐煩地擦拭嘴角。

「請回去吧。我沒辦法賠上自己的生活去救妳。」

「…………」

交涉似乎失敗了。

現在的愛爾娜沒有能夠令他改變心意的素材，而且繼續待在酒吧也不是個好主意。要是待得太久，說不定會被「創世軍」發現，遭到逮捕。

正當愛爾娜在苦惱時，坐在一旁的安妮特拉拉她的袖子。

「愛爾娜？現在要怎麼辦？」

她在愛爾娜耳邊悄聲低語。

「要本小姐——**夾斷他一根手指嗎？**」

愛爾娜納悶地「嗯」了一聲，隨後便見到安妮特露齒而笑。

從她的衣服袖子裡，可以窺見像是核桃鉗的器械。那是拷問用的道具。只要愛爾娜點頭，約翰的手指想必就會被夾爛，然後非常樂意地帶愛爾娜二人回宿舍吧。

「安妮特。」愛爾娜也小聲回應。

「嗯？」

「我應該說過呢，妳不用多管閒事。」

「咦～」

「我預計再過三分鐘就要離開這家店呢。」

「本小姐必須趕快把飯吃光！」

安妮特慌慌張張地開始大啖眼前的貝類料理。可能是因為好久沒吃到熱呼呼的料理了，她專心地拚命動叉子。

約翰苦笑著看著安妮特。

眼眸深處隱約流露出一絲罪惡感。他一臉同情地搖搖頭。

「…………我不能貿然行事啦。」

他神色警戒地環顧四周，然後朝愛爾娜探出身子低語。

「妳們有證據可以證明自己不是『創世軍』的手下嗎？」

「嗯……？」

「他們喜歡釣魚。會為了揪出有反政府思想的人，故意撒餌。像是可憐的婦女、貴族的傭人等等，種類五花八門。只要不小心洩漏打倒王政府的思想，就會遭到逮捕。」

這是被稱為釣魚（Fishing）的諜報機關慣用手法。

讓情報通或看似容易利用的棋子在敵對者所在的場所活動，等待對方主動接觸。看來，約翰似乎懷疑自己的思想遭人起疑。

「自從兩年前克雷曼三世即位之後，取締反政府思想的行動就變得更加嚴格。他明明是個喜歡煙火，會在加冕儀式當晚於首都施放大量煙火的人，然而卻個性膽小，而且對於取締反叛分子非常執著。前任國王的強硬對外政策固然很爛，可是現任國王對於情報的支配掌控同樣令人不敢領教。況且還聽說他對瓦勒里首相言聽計從。」

可能是覺得自己說得太過火了，「當然國王可能也有他自己的苦衷啦」他又這麼補上一句。

此次任務最關鍵人物的名字出現了。

——克雷曼三世。

統治將近十五年的前任國王布諾瓦，在兩年前將國王的寶座讓給了他。

據說理由是身體狀況不佳，但也有傳聞是因為嚴厲的對外政策使得他和其他議員產生對立，進而導致保皇派在上次選舉中失利，不過此事的真偽不明。

即使國王退位，這個國家的絕對權力結構依然不變。

身為政治中樞的首相並未換人，依舊繼續把持國政。

——皮耶·瓦勒里首相是提出「曉闇計畫」的人。

不只是他，實質上支配國家的「妮姬」也繼續君臨一切。

「我可不想沒有根據就相信妳們，結果害自己惹來殺身之禍。」

約翰的聲音害怕得發抖。

◇◇◇

之後，在安妮特專心狼吞虎嚥的期間，愛爾娜和約翰彼此交換了幾則情報。愛爾娜詢問他有沒有其他可以藏身的地方，卻沒有得到令人滿意的回答。愛爾娜能夠做的，就只有在最後向他提出一個請求。

來到店外時，外頭正好下起了小雨。雨雖然沒有大到需要撐傘，霧般細小的雨水仍漸漸淋濕身體。

路燈已經點亮，隱約照亮琵爾卡這座城市。

安妮特心滿意足地按著肚子。

「本小姐吃得好飽！開始想睡了！」

「…………」

愛爾娜沒能回應她。

她有好多事情必須思考，不能浪費任何一點時間。要是毫無戒心地站在小巷裡，下個瞬間說不定就會被「創世軍」發現。

可是，眼前有一個比那更需要優先討論的議題。

「安妮特，有一件事愛爾娜非說不可呢。」

「嗯嗯？什麼事？」

她對帶著笑容轉過頭的安妮特，坦率地開口。

「希望妳別再像剛才那樣——提議威脅一般人。」

清楚明瞭地傳達。

果然無法放任她不管。變得不會掩飾殺意，並且毫不猶豫就散布惡意的她太危險了。

愛爾娜定睛直視她的眼睛，開口道。

「希望妳不要在這個國家胡亂殺人呢。另外也禁止隨意傷人，就連提議也不行。在愛爾娜做出指示之前，希望妳能夠安分一點。」

笑意倏地從安妮特的臉上消失。

她微微吐了口氣，用宛如黑洞的右眼看著愛爾娜。

「本小姐和愛爾娜的立場應該是對等的才對。」

「這個愛爾娜知道。」

「本小姐明明有遵守這一點，可是到頭來，今天我們卻連過夜的地方都沒有。」

「愛爾娜很感謝妳。」愛爾娜沒有將視線從她身上移開。「但還是請妳聽愛爾娜的話。」

「…………」

愛爾娜又重述一遍後，安妮特一臉不服地閉上嘴巴。

因為不能一直待在店門前，於是愛爾娜決定離開。

她一往前走，安妮特也跟在離她一步的後方開始走。從巨大的腳步聲聽來，安妮特顯然非常不服。

「因為這一年來愛爾娜見過太多了。」

愛爾娜沒有回去先前所待的據點，而是走往別條路。

「見過太多被這個國家，被王政府折磨的人們。」

她認為最好讓安妮特親眼看看，於是沒有多做說明。

愛爾娜動動鼻子，感應凝滯的氣息。

她一邊感應只有她才感應得到的不幸預兆，一邊沿著小巷右轉。

琵爾卡十區和十九區一樣有許多移民，是眾所周知治安、衛生惡劣的地區。每當幾十年一度豪雨釀成的洪災發生時，這裡總會率先成為受災區。愈是接近流經十區中心的運河，彷彿將惡臭濃縮一般的水溝氣味便愈發濃烈。

沿著小運河旁走了一段路之後，前方出現一名躺在路上的男性。

不只是他，另外還有五六名男女也倒在路旁，用失神的雙眼仰望夜空。

「…………是鴉片……吸食者啊。」

安妮特低聲嘟囔。

愛爾娜簡短地回應「這不是罕見的景象呢」。

這是貴族優待社會所造成的結果。

要在警方和法院擔任要職，比起能力，更看重的是血脈和關係。失去流動性的組織必定會腐敗，而負責取締的組織一旦腐敗，毒品便會在社會上蔓延。

據說也有許多貴族和地下社會互有往來。

繼續往前走一會兒，忽然一陣怒吼聲傳來。

一名男性被四名年輕人團團包圍。

那名個子矮小的男性約莫四十歲中段。衣著寒酸的年輕人們朝男性吐口水，一邊「你是加爾迦多帝國的人吧？」地發出怒吼。

「不、不是，我從上上代開始就在這個國家做生意——」

年輕人們沒有給好像是帝國出身的男人解釋的機會，就這麼將他重摔在地。

他們以嚴厲的口吻，對趴在地上的男人大罵「可惡的侵略者！」、「你八成是在做間諜的勾當！」，並且像在玩球一樣對他猛踢。
多麼慘不忍睹的景象。附近雖然還有其他人，卻沒有人願意出手相助。大概是吸食鴉片後整個人進入半夢半醒的狀態了，那些人就只有對男性投以輕蔑的目光。
「…………民主革命失敗的國家。」
愛爾娜喃喃地說。
「那便是這個國家呢。甚至沒有改變現狀的希望，就只能靠著藥物和歧視去排解內心的憤懣。連如此殘酷的歧視行為也被放任不管。」
她緊握拳頭。
「——這個國家的人們時時刻刻都生活在窮困之中。」
帝國出身的男性像是放棄抵抗似的蹲著。年輕人們朝有如縮殼烏龜一般毫不反抗的他的背部、側腹猛踢，以此為樂。
愛爾娜實在看不下去，於是邁步向前。
「沒有必要去幫他啦。」
一道冷冷的說話聲傳來。
回過頭，只見安妮特滿臉睏意地伸著懶腰。
「愛爾娜，妳是不是搞錯什麼了？」

她見到這幅景象卻似乎毫無感覺。

「不管這個國家的人變得怎麼樣都無所謂。本小姐二人是迪恩共和國的間諜，不是正義的使者。如果有必要，無論威脅還是殺人都在所不惜。」

「安妮特……」

「——『燈火』不是來拯救這個國家的。」

她帶著冷漠的視線這麼說。

這是不像會出自安妮特口中的大道理，是她平時絕對不會說的話。她大概覺得自己非說不可吧。

可是愛爾娜必須正面提出反對。

「不對。」

愛爾娜搖頭。

「在這裡棄他人於不顧才是真正錯誤的決定。」

「……本小姐已經給過妳忠告了。」

不理會安妮特的制止，愛爾娜逼近年輕人們。

「——你們幾個住手呢。」

四名年輕人納悶地「嗯？」了一聲，同時轉身。

起初，他們一臉意外又看似困惑地注視著愛爾娜，然而突然就臉色大變。

「噫！」「！快逃！」

臉色發青的四名年輕人拔腿狂奔，消失在小巷的深處。

他們出乎意料的反應令愛爾娜感到掃興。

（唔，沒想到才瞪一眼就擊退他們呢。）

她望向他們離去的方向。

（哼哼，看來經過這一年，愛爾娜終於有了大人的風範呢。）

感覺自己有了意想不到的成長，愛爾娜深感自豪。

仔細想想，她已經十六歲了。個子也長得比安妮特還要高。

現在的愛爾娜已具備間諜的氣勢，光用眼神一瞪便能將一般人趕跑——當然是沒有這種事。

「Bingo、Bin～go。上鉤了！」

背後傳來令人毛骨悚然的說話聲。

她立刻轉身，結果見到一名削瘦的男性站在眼前。戴著單片眼鏡、一副自命不凡的男人用兩手靈活地轉動兩把手槍，一面盯著愛爾娜。

一旁有三名身穿白色長大衣的男人，看起來像是他的部下。

「涉嫌殺人的金髮少女。聖卡達拉茲高等學校的留學生，艾爾芬・庫拉涅特。從事件發生的隔天早上便下落不明。」

單片眼鏡男彷彿在歌唱一般，用輕快的口吻說道。

「妳果然是加爾迦多帝國的間諜嗎？沒辦法棄同胞於不顧是嗎？」

年輕人們似乎是因為見到他才急忙逃跑。

愛爾娜剛才幫助的加爾迦多帝國出身的男性，也在察覺男人的存在後發出悲鳴。

「『創世軍』防諜第二課尼盧法隊隊長，人稱『摩墨斯』。」

敵人果然已經追到附近。只能對敵人的敏銳嗅覺感到佩服。

男人將兩手所持的手槍倒向一旁，同時用手指勾住扳機。

「妳不用記住，反正妳很快就會忘不了。」

左右兩把手槍在極近距離下同時發射。

愛爾娜立刻跳向右邊閃避子彈，但男人似乎原本就沒打算射中她。虛張聲勢。防諜情報員不會輕易殺死間諜，基本上都會將其逮捕後進行審問。

即使知道這一點，愛爾娜仍失去了平衡。

自稱「摩墨斯」的男人很快就拉近距離，用槍柄毆打愛爾娜的臉。

彷彿視野爆炸般眼前一白。

愛爾娜被狠狠擊中。

儘管幾乎失去意識，她仍馬上站穩身子，從裙子裡面取出小刀。

「Hit，H～it。手感真是不錯。」

「摩墨斯」又以像在歌唱般的節奏摩擦自己的手槍。

安妮特面無表情地，靠到擦拭滲血臉頰的愛爾娜身邊，然後用銳利的眼神瞪視包圍兩人的四名白色大衣男子。

「…………」

她一言不發。

不知是還在生氣，抑或是傻眼地心想「本小姐明明給過妳忠告了」。

無論如何，首先都必須處理眼前的狀況。

對手是受過訓練的四名「創世軍」的情報員。趕緊撤退而不正面交手，恐怕是最恰當的選擇。至少從「摩墨斯」的動作看來，他應該擅長格鬥。

「假使妳企圖逃跑——」

「摩墨斯」像是預判了愛爾娜的心思般有了動作。

才在想他要做什麼，下一刻，他便朝嚇到腿軟的帝國男性用力一踹。

「嗚嘎！」

「——我就把這個骯髒的加爾迦多帝國人的耳朵割掉。」

「摩墨斯」的臉上帶著以施虐為樂的愉悅笑容。

他似乎誤以為愛爾娜二人是加爾迦多帝國的間諜。但是，愛爾娜無法對無辜的一般男性見死不救。

「…………………………！」

當愛爾娜見到「摩墨斯」怪異扭曲的嘴角時，她自然而然就察覺到了。

氣憤難耐的她不客氣地開口。

「你們總是採取那種手法嗎？」

「什麼？」

「釣魚——為了將間諜引誘出來，故意折磨不相干的加爾迦多帝國人。」

從他們的口吻和現身的時間點來看，這無疑是他們事先設計好的圈套。是約翰提過他們所擅長的手法。

他們大概是若無其事地誘導那幾個年輕人去攻擊帝國男性吧。

「摩墨斯」滿臉嘲諷，「妳現在才發現？」地笑道。

「我們經常這麼做。不只是間諜，也常用這招釣到那些身為國家毒瘤的祕密結社。那群和間諜往來，給我們『創世軍』添麻煩的害蟲。」

如此令人難以忍受的行為，讓愛爾娜不禁握緊拳頭。

「摩墨斯」滿不在乎地說。

「是加爾迦多帝國先做出不人道行為的，不是嗎？」

語氣中混雜著嘲諷。

「最先使用毒氣武器這種超惡劣武器的也是帝國吧？他們也曾經以潛水艇進行無差別攻擊。帝國是會以軍需工廠僱用女性工人為由，不分男女地對一般人民展開大屠殺，用無數砲彈轟炸這個首都的國家。」

他提起已於十二年前結束的世界大戰的事情。

加爾迦多帝國把迪恩共和國當成通道加以蹂躪之後，便直接湧進萊拉特王國對首都琵爾卡發動砲擊，差一步就要將其攻陷。

那份怨念至今仍深深殘留在這個國家中。

「全都是那個惡毒帝國的錯！」

「摩墨斯」的音量愈來愈大。

「到處蔓延的鴉片、髒亂的公共衛生環境、經濟不景氣，還有我國在國際社會上被穆札亞合眾國超越，這些全是帝國那群惡魔害的！」

愛爾娜再次環視這條惡臭瀰漫的小巷。

明明槍聲響起卻沒有引起騷動。

視野中那些遭鴉片毒害的人們，不是靜靜地笑著看向這邊，就是一副這種情況早已司空見慣地垂下視線，打算置身事外。

——這是愛爾娜一年來所見到的景象。

執著於財富的貴族和資本家等上流階級。以及在他們腳下不抱一絲希望，挨餓受凍的下層階級。甚至很難說有被賦予人權的一群貧民。

「……你不覺得你的國家會諸事不順，是落伍的貴族優待政策造成的嗎？」

「這種事情根本不值得思考。」

他果斷否定了愛爾娜的話。

上星期交手過的「創世軍」尼盧法隊的人也是一樣。口吐對加爾迦多帝國的怨氣，稱頌貴族，厭惡底層人民。

愛爾娜已經見過幾百次、幾千次、幾萬次這種情形，每一次她都感到無比憤慨。

「安妮特，妳說的沒錯呢。愛爾娜二人沒有道理要拯救他國。」

一股狂熱從身體深處湧現。

她放低音量，只讓隔壁的少女聽見。

「可是在那之前——愛爾娜的出身是迪恩共和國的貴族呢。」

愛爾娜這名少女的出身。

儘管因為是共和制所以徒有虛名，但仍是擁有地位的家世。家人死於火災這件事，為她的人生帶來了宿命。

「富人要服務窮人——這是連年幼的愛爾娜也曾被教導的，理所當然的常識。那種靠著犧牲他人擺架子的貴族，爸爸和媽媽絕對無法原諒。」

因此，愛爾娜才會每次見到眼前的景象就氣憤不已。

克勞斯體察到愛爾娜的心情，讓她成為作戰計畫的中心人物。

「以爸爸和媽媽的女兒身分救助他人——這是老師引導愛爾娜找到的存在證明。」

出生在貴族世家，只有自己存活下來。

想要成為他們心目中理想的女兒，顯現唯有自己倖存的價值。

這是愛爾娜立志成為間諜的根源。

所以，她打從靈魂深處想要反抗這個腐敗至極的貴族社會。
她對安排機會讓自己釋放衝動的克勞斯滿懷感激。
「妳儘管放心呢，安妮特。」
「嗯？」
「愛爾娜會替妳安排大鬧一場的時機呢——就像現在這樣。」
「…………！」
愛爾娜說出內心的覺悟之後，安妮特先是瞪大眼睛數秒才「啊啊！」地大喊。
簡直不懂得察言觀色的言行。安妮特露出喜孜孜的笑容，天真地蹦蹦跳跳。
「原來妳是那麼打算的啊。本小姐完全弄錯了！」
先前的不悅似乎已經消散。
「摩墨斯」等人面對安妮特突如其來的變化，全都反感地皺起臉來。
「難得妳會這麼遲鈍呢。」愛爾娜苦笑著說。
「都是本小姐吃太飽的關係啦！本小姐真的很想睡覺！」
「妳最近吃太多了呢。」
「唔！本小姐！必須吃很多讓自己長高才行！」
「被愛爾娜超越讓妳很不甘心嗎？」

「咕唔唔……本小姐很快就會扳回一城！」

見到兩人突然親暱地說起話來，「摩墨斯」的態度顯得很不耐煩。

「小鬼頭吱吱喳喳的聲音吵死人了……」

他將單片眼鏡往上推，再次舉起兩把手槍。

愛爾娜二人的動作比他快了一步。

「允許呢。」愛爾娜靜靜地開口。「安妮特，動手吧。」

兩人突然中斷對話，以完美的默契同時往不同方向跳躍。安妮特往後，愛爾娜則是往前方。

四架模型飛機從後退的安妮特的裙底飛出。

握著手槍的「摩墨斯」等人雖然吃了一驚，卻立刻察覺那是炸彈之類的東西，於是開槍擊落逼近自己的模型飛機。

這個判斷沒有錯，想法十分正確。

他們預測炸彈的爆炸威力，急忙護住臉和脖子等要害。

到此為止，「摩墨斯」等人的應對方式都很完美。

因此，他們對於金髮少女和模型飛機同時朝這邊跑來一事感到困惑。

「代號『忘我』——組裝的時間到了！」

「代號『愚人』——屠殺殆盡的時間……！」

安妮特在取出防護用摺疊傘的同時，引爆炸彈。

「…………什麼？」

「摩墨斯」等人無法理解眼前發生的景象。

——將同伴也捲入爆炸波中的不合理攻擊。

被逼到走投無路的間諜偶爾會採取自爆攻擊沒錯，可是他們從沒見過讓同伴衝向炸彈的手法，因此才會反應不過來。

他們理解事情發生的順序。

四架模型飛機分別相隔兩秒爆炸。自己在爆炸前一刻被愛爾娜抓住身體，失去平衡。因爆炸而飛散的鐵片刺中身體。以及每次爆炸愛爾娜都會移動。

他們也理解最後的結果。

——「摩墨斯」等四人全都遭愛爾娜飛撲，進而受到爆炸波侵襲。

——可是，照理說應該身在爆炸波旁的愛爾娜卻毫髮無傷。

「……妳把我們當成盾牌，徹底避開了爆炸波？」

「我已經習慣她製造出來的不幸呢。」

愛爾娜靜靜地俯視全身被鐵片割傷的「摩墨斯」。

她的內心十分堅信一件事。

——擅長偷襲和襲擊的施虐天才，「忘我」安妮特。

——擅長自導自演和迴避受害的受虐天才，「愚人」愛爾娜。

這個組合暗藏著無限可能性。

遭到爆炸波侵襲的四人受了傷，似乎再也無力起身。

愛爾娜二人趁機拔腿逃離，沒有給他們致命一擊的餘裕。除了小刀外，其餘武器已經在剛才用完，要是被更多聽見爆炸聲趕來的敵人包圍就麻煩了。

「妳們兩個——！」

趴在地上的「摩墨斯」神情痛苦地喊道。

「……別以為這樣就逃得了……這只不過是一時的。下次遇見我一定會抓住妳們……！」

儘管也可以嘲笑他不服輸，但是他的話確實一針見血。

資金已經用盡。這樣下去，能否繼續逃離「創世軍」這一點實在很不樂觀。

愛爾娜停下腳步，開口打擊對方的心。

「無所謂，反正以後不會再見面了。」

「什麼？」

「因為你已經沒有利用價值了。」

她只留下這句話隨即離去。

他們想必不懂話中的含意吧。在攻擊愛爾娜二人的當下，他們就已經落入愛爾娜的圈套中。

「愛爾娜，妳要耍帥是無所謂，不過妳的裙子破了喔？」

「！妳的炸彈果然太危險呢！」

「本小姐現在就幫妳縫！愛爾娜還真會給人添麻煩耶！」

「不、不要拉！妳現在先離愛爾娜遠一點呢！」

「呵呵！本小姐知道了♪」

「…………妳突然心情變得這麼好，也挺讓人不舒服的……」

對突然勾住自己手臂的安妮特感到困惑，愛爾娜狂奔在小巷中。

◇◇◇

安妮特這次理解速度會這麼慢，可能真的是想睡覺的關係。

——愛爾娜為何嚴令安妮特不得胡亂攻擊別人。
——愛爾娜為何要幫助本來不應該插手理會的加爾迦多帝國人。
要是安妮特沒有只顧著吃飯，有仔細聆聽愛爾娜和約翰說話，大概就會察覺吧。臨去之前，
愛爾娜向他提出一個請求。
「請你遠遠地尾隨我們。」
這便是她要求約翰做的事情。
「如此你便可看清我們是否值得信賴。」
既然「創世軍」的情報員擅長釣魚，那麼只要故意上鉤就好。
然後再讓約翰看看自己擺脫「創世軍」的樣子。
——「愚人」愛爾娜有著能夠吸引不幸的才能。
展示遇襲現場對愛爾娜而言是拿手絕活。

◇◇◇

愛爾娜二人和約翰會合的地點，是他就讀的大學附近的教堂。那裡晚上沒有半個人影。
兩人一路上提防遭人跟蹤，所幸並沒有人尾隨在後。

再次見到約翰，他的神情似乎有些緊張。他坐在椅子上，露出重新觀察兩人般的眼神。

「我照妳的話看到了。」

可能是很震驚的關係，他的音調提高了一些。

「……妳對我的事情了解多少？」

「推測擁有反政府思想的學生宿舍的宿舍長。一開始就只有這樣。」

至少在餐酒館見面時，愛爾娜就只知道這些。

可是，其實愛爾娜還帶著某種期待赴約。之後她在交談過程中得到確信，於是做出披露自身情報的判斷。

「只不過，因為你明顯做出了暗示。」

「…………什麼暗示？」

「即使有那樣的過去，一般人會警戒『創世軍』的釣魚嗎？」

幾近自白。

——我是有可能遭到諜報機關提防警戒的人。

他會給出如此顯而易懂的提示，大概是出於慈悲心吧。

儘管幾乎是初次見面，愛爾娜卻對約翰的正義感懷有好感。

「而且你也做出了指示。『無法毫無根據地相信妳』這句話的意思，是『只要提出根據，我就願意相信妳』對吧？」

「……畢竟這對我方來說也是一件冒險的事。」

約翰苦笑著聳肩。

「我想要得到贊同者，卻無法隨便將不值得信任的人拉攏進來。」

「我們的能力一如之前所展示的。我們受過相當程度的訓練。」

「是啊，妳們的表現非常精彩。妳們究竟是何方神聖？」

「我會在路上告訴你詳情。你只要先把我們當成無名情報員就好。」

「我就姑且相信妳們吧。妳們和『創世軍』敵對一事似乎是真的。況且，妳們沒有對加爾迦多帝國男性見死不救的行為也很了不起。」

約翰走下椅子，展開雙臂擺出歡迎的姿勢。

「我願意藏匿妳們。優秀的同伴當然是愈多愈好。」

他用大大的笑容揭露自己的真實身分。

「地下祕密結社『義勇騎士團』——身為代表的我歡迎妳們加入。」

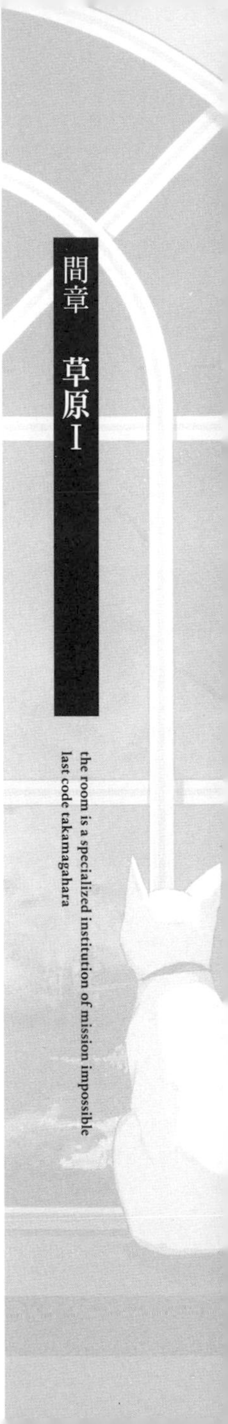
間章　草原Ⅰ
the room is a specialized institution of mission impossible
last code takamagahara

「草原」莎拉會踏上間諜這條路，只能用自然而然發生來形容。

陸軍情報部和加爾迦多帝國的間諜在她老家的餐廳爆發了槍戰。那是因為陸軍情報部馬虎的拘捕行動而造成的失態。間諜從潛伏地點逃走後，闖進莎拉的父母所經營的餐廳挾持客人，和敵人對峙。

當時十二歲的莎拉很幸運地人在學校，並未被捲入事件之中。

莎拉目擊到的，是被炸彈破壞到半毀的店。

她本來隱約打算以後要繼承的餐廳，損壞到無法再繼續經營下去的程度。國家方面非但不告訴她們槍戰的真相，支付的補償金更是少得可憐。這間餐廳原本深受當地居民喜愛，但因為村裡人口減少的緣故，收入本來就已逐漸下滑，如今更是沒有餘力進行修繕。

她的父母很快就決定結束家業。

問題是當前的生活資金。

為了求職，只能舉家搬去都市居住。可是現在這個時代，即使到了首都，也不曉得能否順利找到工作。況且家裡還有個正在發育的女兒。

每天晚上，莎拉都偷偷看著父母望著存摺發愁的模樣。

「陸軍情報部那些傢伙可真會惹事啊。好淒慘的景象。」

就在那個時候，一名奇妙的男人來到了餐廳。

那個男人晃動著一頭流行感十足的中分金髮，帶著少年般和藹可親的笑容，用充滿好奇心的閃亮雙眼注視著半毀的餐廳。

「你是誰？現在這家店已經……」

正好在店裡打掃的莎拉對可疑男子問道。

「嗯，我來參觀。」他親切地笑答，然後緩緩地移動視線，將莎拉從頭到腳打量一遍。那是一雙彷彿能將一切看透，令人毛骨悚然的眼睛。

「有、有什麼事嗎……？」

莎拉不由得擺出警戒的態度，結果對方又笑了。

「小姐我問妳，妳知道這家店的守護神嗎？」

「守護神？」

「沒錯。之前不是發生過陸軍情報部像個笨蛋一樣又開槍又扔炸彈的事件嗎？而在當時，趁死守這裡的愚蠢間諜不備發動攻擊的是——」

他停頓了好一會兒才開口。

「——一隻勇敢的老鷹。」

「……喔，聽說好像是有這麼一回事。」

莎拉不禁苦笑。

大概是遭到野獸攻擊吧，最近莎拉曾經照顧過一隻受傷倒在路旁的老鷹。從那之後老鷹就很親近莎拉，經常在店附近盤旋。

牠似乎在莎拉毫無所知時有了活躍的表現。

「我被迫替陸軍情報部收拾爛攤子時，偶然聽說這件令人愉快的事情。既然有這麼勇敢的老鷹，無論如何都要請牠加入我們『火焰』——」

「——瞧，就是這孩子。」

莎拉用手指吹了一聲口哨，老鷹很快就飛過來。牠靈活地穿越餐廳破損的窗戶，降落在莎拉旁邊。

不知不覺間，牠已經學會這項才藝了。

金髮男子的眼神頓時發亮。

「牠好親人啊。妳的技術真好。」

「與其說技術，其實只是因為牠喜歡小妹啦。」

「是喔。」

「小妹從以前就是這樣，總是被動物守護著。」

聽到寵物受到稱讚，莎拉不禁變得多話起來。

她劈哩啪啦說了一堆之後，男子揚起嘴角說：「……這下搞不好挖到寶了。」

「嗯？」

「其實我是一名獵才者。」

「獵才者？」

「沒錯。我是只要找到優秀人才，就有權利進行推薦的——間諜。」

突然聽見間諜這個詞，莎拉錯愕地眨眨眼睛。

第一個浮現在她腦海的，是這家毀壞的店。國家雖然沒有解釋清楚，不過據傳這是間諜所造成的。總之那是一個紛亂的世界。

自稱獵才者的男子繼續說道。

「既然缺錢——妳要不要來讀培育學校？」

莎拉頓時感到疑惑。

她並沒有在男子面前提到自身家庭的困境。

男子在驚訝不已的莎拉面前接著說。

「這麼一來，至少妳當前的生活資金將由國家來負擔，而且如果妳希望支付挖角費用給妳的父母，我也可以向上司借錢來支付喔？」

「等、等等，不行啦！像小妹這種人——」

「可以的。」

男子爽快地肯定連忙否認的莎拉。

語氣中帶著堅定的信念。

「我對自己的眼光很有信心。我這輩子從來沒有輸過任何賭注。」

並且散發出不由分說的氣勢。

眼見莎拉不知該如何反駁，男子再次在臉上堆起和藹可親的笑容。

「妳何不就去讀讀看呢？反正要是真的不能接受，妳也可以兩三年後就放棄。」

「咦？可以抱著這麼輕鬆的心態就讀嗎？」

「妳只要想成自己是去免費留學就行了。況且在那裡也能學到對將來有用的技能。」

「是喔……原來如此……」

男子隨便勸說幾句就讓莎拉動搖了。

如果只是去就讀培育學校，應該不至於遭遇會讓自己喪命的危險吧。而且假如生活方面全由校方負責照料，也不會對父母造成困擾。不僅如此，倘若這個男人真的願意支付挖角費用，父母應該會輕鬆許多，這個男人的願望也能實現。

——這麼做，對每一方都有利。

莎拉沒能流暢地說出否定的話。

「要是妳肯來，就由我來替妳決定代號吧。」

男子自信滿滿的話語，令莎拉的心產生動搖。

「草原」莎拉會踏上間諜這條路，只能用自然而然發生來形容。

雖然嚴格來說——是有人刻意設計成像是自然而然發生。

可是如今成為「燈火」間諜的這名少女，心中卻有了無法退讓的目標，

◇◇◇

所以她非說不可。

無論這樣的舉動有多可怕、多狂妄，她也不會猶豫不決。若是不遵從這份衝動，莎拉就失去繼續當間諜的意義了。

萊拉特王國的任務會議結束後，她前往的地方是克勞斯的房間。

面對莎拉的突然造訪，克勞斯並未面露不悅，只是訝異地注視著她。

莎拉大口吸氣後，挺起胸膛開口。

「小妹無法接受……！」

斬釘截鐵地說。

「——請修正這次的作戰計畫。」

少女們從來不曾要求克勞斯修正作戰計畫。

雖然她們也會有疑問，但基本上「燈火」都會按照他的指示去行動。因為儘管有時她們也會表現出無法理解的態度，仍全然信任經驗豐富又有實力的他。

因此，莎拉的行為是異例中的異例。

坐在椅子上的他眨了眨眼。

「妳想說什麼？可以解釋給我聽嗎？」

「如同小妹之前說過的，小妹找到了人生第一個目標。」

她毫不退怯地說下去。

「『燈火』的守護者——不讓任何一個成員死去。在成員能夠放心引退之前，小妹會守護同伴到底。這便是小妹理想中的間諜模樣。」

莎拉已經向許多成員表明這一點。

——「燈火」的守護者。

比起任務的成敗，更以保住「燈火」成員的性命為優先。

這是在此之前缺乏目標的她好不容易找到的理想。

「小妹無法認同會讓愛爾娜前輩和安妮特前輩暴露於危險之中的計畫。」

克勞斯這次的計畫和莎拉的信念恰好相反。

全體成員一旦分散各地，莎拉便會無法守護同伴。即使基於方便執行任務的理由退讓一百步接受好了，現在這個編制的風險也太大了。

「小妹可以理解以愛爾娜前輩為作戰計畫的中心人物這一點。既然如此，就應該安排莫妮卡前輩或席薇亞前輩——能夠在緊急時刻保護愛爾娜前輩的人和她搭檔才對。」

由尚嫌青澀稚嫩的兩人站上任務的最前線。

光是想像這個事實，莎拉便不禁渾身發抖，擔心要是她們遭遇不測該怎麼辦。

「為了保護她們——小妹要求重新研擬作戰計畫。」

「…………………………」

克勞斯沒有即刻回答。

他定睛望著莎拉，臉上的表情肌肉幾乎動也不動，露出冰冷到令人心生恐懼的表情。

莎拉的心臟怦通怦通地狂跳。

她很清楚自己的行為極其失禮。身為晚輩竟敢向老大提出意見，這樣實在太放肆了。汗水從全身噴發，甚至令她感受到寒意。

正當莎拉強忍住想要逃跑的心情時，克勞斯終於開口。

「莎拉——」

做好挨罵的心理準備，莎拉等他接著說下去。

「——妳真的成長好多。比起完全不敢向同伴發表意見的時候，妳有了好大的進步。」

「咦…………」

好像被稱讚了。

克勞斯一臉心滿意足地交抱雙臂、不住點頭，像在品嘗喜悅的滋味一樣。

這意想不到的反應讓莎拉頓時失去幹勁。

「我非常歡迎妳提出意見喔，莎拉。妳正嘗試朝著成為真正的間諜，邁出偉大的一步。既然如此，那我也以一名間諜的身分正面回應吧。」

「好、好的……」

「——我無法認同妳的意見。莫妮卡和席薇亞有其他工作，現在是最理想的狀態。」

可是，克勞斯給的回答卻是拒絕。

這大概是他幾經苦思後得到的結果吧。在馬紐斯島度假時，他從第一天到最後的第十三天一直都在苦惱，將部下的性命和使命放上天平的兩端衡量。

「……！小妹知道自己很任性。」

莎拉握緊拳頭，往前踏出半步。

「既然這樣，那至少讓小妹和愛爾娜前輩她們一起——」

「——現在的妳能夠做什麼？」

尖銳的語氣。

那不是以教師，而是以間諜身分發表的正確言論。假使安妮特或愛爾娜遭遇生命危險，就憑莎拉不可能帶來任何幫助。

「…………………………」

克勞斯在無言以對的莎拉面前緩緩起身。

「……現在的妳，或許可以接受稍微嚴厲的指導了。」

「咦？」

他從莎拉的正面走過。

「我本來就打算有一天要讓妳繼承。不只是料理，那是能夠為遲早會辭去間諜工作的妳帶來用處的技術。雖然只要學會一成其實就很夠用了。」

克勞斯打開房間角落的櫥櫃的鎖。

就莎拉所知，那個櫃子裡面應該只有擺放統計資料和地圖等等。

可是當他結束一番操作之後，櫥櫃卻傳來清脆的喀嚓一聲，接著就見到某樣東西從櫥櫃上層掉下來。

「那個人留下了五張自己的演奏錄音唱片。」

克勞斯拿起掉落的紙袋，從中取出五個唱片套。唱片套為全黑色，上面沒有任何圖案。

「那是什麼？」

「『煽惑』海蒂——能夠用自己的顏色，覆蓋所有聲音、光線、氣味、空間的天才遺作。」

在不由得屏息的莎拉面前，克勞斯從櫥櫃取出唱片機。

莎拉完全猜不到接下來即將發生什麼事，只見他已將唱片機的插頭插上，做好播放音樂的準備。

「妳就試著忍耐兩分鐘吧。」

「……什麼？」

「要是妳能撐過去，我就聽取妳的意見。」

儘管感到困惑，莎拉仍準備好應對。克勞斯提出的條件令她無法拒絕。

克勞斯讓針落在轉動的唱片上。

「『草原』莎拉——這是妳必須踏出的第一步。」

下個瞬間，莎拉的身體裂成兩半。

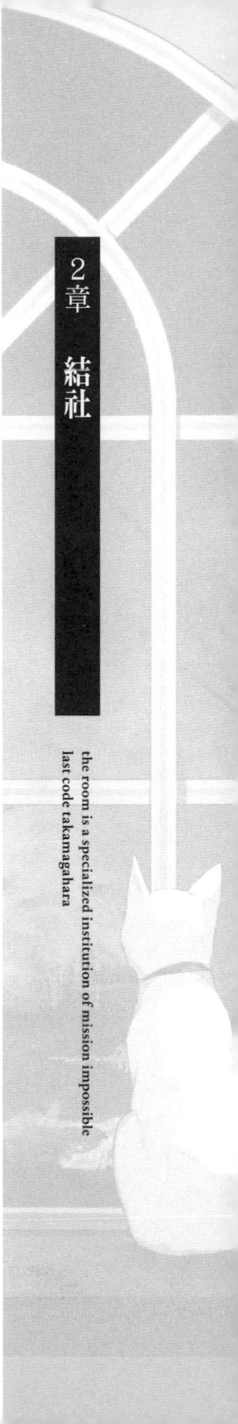
2章 結社
the room is a specialized institution of mission impossible
last code takamagahara

在開始執行任務前的會議上，克勞斯有針對地下祕密結社做了說明。

「民主革命失敗的國家——萊拉特王國雖然有著這樣的稱號，但實際上如今仍有許多反政府團體在暗中活動。那些是以革命為目標的地下祕密結社。」

克勞斯在「燈火」全員集合的大廳內，解說這個國家的情況。

他舉出至今存在過的無數組織名稱。包括已經消失的組織在內，那些祕密結社大大小小加起來總共超過五十個。

「義勇騎士團」也是其中之一。

「這個國家禁止未經政府許可組成政治團體。有無數團體遭到警方和防諜情報員瓦解，主謀被關進監獄，政治結社則是被趕到了地下。」

據說現在政治結社都是偽裝成大學、企業、嗜好團體等在運作。

然而即使有眾多結社，這個國家依然沒有即將發生革命的跡象，這一點讓人重新認識到禁止革命的王政府和「創世軍」的殘酷。「民主革命失敗的國家」這個綽號果真一點都不誇張。
「愛娘」葛蕾特微微舉手。
「……那麼，我們要怎麼做才能掀起革命呢？」

「『革命三要素』——讓生存於這個國家的三個存在成為盟友。」

克勞斯豎起三根手指。
「第一是——民眾。不用說，民眾當然是最重要的存在。和地下祕密結社聯手煽動眾多國民的義憤之情，化為發起革命的原動力。接著在城裡堆起路障，帶著步槍和石頭占據政府機關。若是沒有足夠的人數便很難開始革命。」
好幾名少女點頭贊同。
歷史上許多的人民革命之所以能夠成功，理所當然都是源於民眾發出的怒火。
「第二是——國王親衛隊。他們隸屬於陸軍，是和諜報機關『創世軍』合作保衛都市的維安部隊。每當發生暴動，配備最新型武器的他們便會出動，輕易壓制住煽動的民眾。至今已有無數場罷工和暴動遭到他們瓦解。」
愛爾娜焦躁地「嗯」了一聲。

自從上個世紀的人民革命以來，武器的殺傷力有了大幅提升。儘管不至於派出坦克和飛機來鎮壓革命，但想必應該會使用機關槍之類的吧。

若是不阻止他們，即使好不容易成功煽動大眾也會遭到鎮壓。

「第三是——貴族。即使放逐國王，憑藉暴力贏得的政權也必須獲得民眾支持，革命才會結束。陷入無政府狀態也不是我們共和國樂意見到的事情。就算要將政治交給自由派思想的眾議院議員，平息混亂的象徵同樣不可或缺。」

愛爾娜大大地嘆息。

迪恩共和國的間諜承擔不了讓革命結束的最後工作。無論是要改行共和制，抑或開啟新的君主立憲制，都有必要推派某個和迪恩共和國友好的人來營運政治。

「民眾、親衛隊、貴族——只要讓這三者成為同伴，革命就會成功。」

若能達成，便能成功削弱「妮姬」，並且掌握「曉闇計畫」的全貌。

用嘴巴說是很簡單，但這是一條相當艱難的道路。

讓屬性截然不同的三個集團合而為一。這次的任務規模和以往大不相同。

當少女們為此感到惴惴不安時，葛蕾特點頭回應。

「我明白老大的意圖了……」

聰慧的她以平靜的目光望向克勞斯。

「也就是說，我們將分為四組……

——**其中一組是直接和『妮姬』交手，以正面掌握『曉闇計畫』為目標。**

另外三組則是以該計畫為誘餌，企劃發起革命。

——**讓眾多民眾成為盟友，煽動革命的小組。**

——**和國王親衛隊接觸，設法使其支持革命的小組。**

——**和贊成革命、願意出面平息混亂的貴族們聯繫，讓革命結束的小組。**

是這樣對嗎？」

「為了方便起見，就分別叫做『妮姬組』、『煽動組』、『籠絡組』、『終局組』好了。妳們將以兩人為一組，在萊拉特王國活動。」

之後，克勞斯發表了各組的成員名單。儘管其中有一聽就覺得合理的組合，也有讓人擔心是否真的沒問題的組合，少女們最終還是接受了。

百合像要做出最後總結地猛然起身。

「接下來該做的事情非常明確。大家即使分散各地，也要在各自的崗位上盡力做到最好。」

她擺出領導人的架子用鼻子噴氣，注視著其他同伴。

「下一次全員集合的地點，就是革命成功的法格麥爾宮殿了。」

她的發言雖然一如往常地輕率，卻成為「燈火」的共同認知。

——「全員在革命成功後的宮殿集合。」

在和成員們分離的這一年間，這句話好幾度激勵了愛爾娜。

縱使見不到面，「燈火」依舊是朝著相同的未來不停邁進。

「煽動組」——為了引導國民走向革命，愛爾娜下定決心要善盡自己的職責。

◇◇◇

掛在脖子上的無線電機中，傳來安妮特天真無邪的聲音。

『倒數十秒引爆！』

「……什麼？」

『八、七、六、五、四、三、二、一……！』

「呢、呢喔喔喔喔喔喔喔喔喔喔喔喔喔喔！」

愛爾娜拚命地全力衝刺。

她急忙離開放置好的炸彈，而就在她跳越建築的圍牆後爆炸聲便響起。

愛爾娜在差點就要被爆炸波震開的時間點跨越磚牆、往前一滾，下巴因此重擊地面。

這場爆炸發生的時間是白天，地點是位於萊拉特王國首都西南方五十公里的城市。

四周圍繞簡樸圍牆的建築牆壁遭到破壞。陣陣黑色濃煙竄出，神色驚慌的男人們從建築內逃出。所幸似乎無人受傷。

愛爾娜在人們趕到之前迅速離開現場。

她沿著巷子而行，走向在小型機車上等候的搭檔。

「妳這傢伙啊啊啊啊啊啊啊啊啊啊！」

她大步走近搭檔後直接給了對方一記頭槌，接著大聲斥責。

「有哪個笨蛋會在引爆前十秒才告知啦！」

「愛爾娜，先逃走比較要緊喔！」

安妮特按著鼻子，毫無反省之意地笑道。

雖然還想繼續抱怨，愛爾娜還是姑且坐上機車緊貼著她的背部。

如果要雙載，選擇更大台的機車應該會比較好，可是這麼一來安妮特就無法順利駕駛了。主要是礙於身高的關係。

「作戰計畫超成功耶！」

一面讓機車輕快地奔馳，安妮特咯咯發笑。

「收容所的外牆似乎遭到破壞了！救援被捕同志的任務達成！這下『德克』和『布洛特』可以成功逃脫了！」

「……這麼高調真的好嗎？」

「嗯？有什麼關係？」

安妮特轉頭望向愛爾娜，一派無憂無慮地露出潔白牙齒。

不知如何回應的愛爾娜只回了她一句「看前面啦」。

「下一份工作是把手冊送到市外！本小姐會用發煙裝置讓火車停下來，愛爾娜就趁那個時候將手冊交給客車內的同志『索諾』！」

「連、連續出任務嗎？」

「還沒完呢！傍晚是從朱卡西公所把工作證明書偷出來，晚上則是接收陸軍同志『蛋塔』所提供的步槍！」

安妮特握著把手，接連不斷地說出接下來的預定行程。

愛爾娜一邊整理被風吹亂的瀏海，一邊輕輕嘆氣。

「感覺妳變得比平時還要生龍活虎呢……！」

「因為本小姐最喜歡搞破壞了！」

安妮特神情愉悅地回答。

如今兩人必須執行的任務堆積如山。輔助身在收容所的同志逃脫。運送和發放手冊。在街頭張貼廣告。偽造證明書以謊報身分。向身在遠方的同志傳達情報。開發新的印刷業者。向上流階級籌募資金。運送武器。

這些全是祕密結社「義勇騎士團」的活動。

◇◇◇

「——祕密結社『義勇騎士團』的活動是以宣傳情報為主。」

認識第一天，約翰便帶著愛爾娜二人回到學生宿舍。

琵爾卡西南邊的十四區內學生宿舍林立，數量多到被稱為「學生城」。世界各國的富豪們為了讓自己的子孫在這個美麗的國家接受教育，於是捐款蓋了許多饒富各國風情的學生宿舍。

這棟歷史悠久的五層樓石造建築，外觀看起來一點都不像祕密結社的據點。入住者似乎限定男性，內部環境相當散亂。

「創世軍」大概也完全沒想到這種地方會有地下祕密結社吧。

「成員主要由五區內四所大學的學生組成。反覆經歷告發和重新組成，如今我們也有許多校外的同志。像是教授、印刷業者、警察、鐵道員、公務人員……等等。我們會發行傳單和手冊，在全國各地發放。」

約翰帶兩人來到一樓的臥室後，移開位於兩張雙層床之間的地毯。地上有一個大洞，洞內立著通往地下空間的梯子。

「這是建築科系的同志設計的。」

約翰得意地說。

「不只是學生宿舍裡有這種密道和藏身處，大學裡面也有無數只有我們才知道的空間。不過現在還不能告訴妳們就是了。」

來到地下室後，裡面的空間比想像中來得寬敞，而且還有兩個房間。牆壁有用柱子確實補強，看起來應該不會倒塌。大概是也有通風口的關係，並沒有空氣不流通的感覺。

一如愛爾娜所料，沒有比這裡更好的潛伏地點了。

「……你願意藏匿我們幾天？」

「妳們可以在這裡待上七天。『創世軍』應該也沒辦法一直搜查下去。只要找不到線索，他們應該就會以為妳們逃亡到國外了吧？」

「不能這麼掉以輕心。我們需要變裝用的道具和新的身分證呢。」

「妳的要求還真多。不過，我們可是政治運動家，不是什麼慈善家，沒辦法免費提供妳們七天以上的糧食和逃走用的道具。」

約翰挑釁似的眨了眨眼。

「——妳們可得充分發揮自己的出色技術才行。」

後來愛爾娜二人染了頭髮，落入在萊拉特王國各地任人使喚的處境。

在地下室待了七天後，這九天來，她們精神奕奕地從事反政府活動。

◇◇◇

不管合法還是違法，完成許多工作的愛爾娜二人返回大學宿舍。

在玄關迎接她們的，是笑容滿面的約翰。這是他們睽違九天的重逢。

「不打破殼就吃不到杏仁。」

他引用這個國家的諺語，為兩人送上掌聲。那句話的意思大概是「有付出才會有收穫」吧。

愛爾娜本想問個明白，卻累到連出聲的力氣都沒有。

「太完美了！妳們表現得比我預期的還要好！沒想到妳們居然全都完成了！」

約翰笑瞇瞇地展開雙臂。

「妳們真厲害，虧我本來還以為妳們會有一兩件工作失敗哩。」

「這點程度我們已經習慣了。」

「哎呀，坦白說妳們簡直比我還厲害，我都沒臉繼續當代表了。」

「謝謝誇獎呢……」

無論如何，現在愛爾娜最想做的事情就是上床睡一覺。正當她準備前往地下一樓的藏身處時，約翰用一句「不是那邊喔」叫住她。「今天要去五樓。」

愛爾娜嘀咕一聲「呢」，一面觀察他的模樣。

在此之前，約翰只讓愛爾娜二人進出學生宿舍的一樓和地下室。看來他似乎還有其他尚未對她們說明的祕密。

愛爾娜和納悶地眨眼的安妮特一起跟在約翰身後。

「『義勇騎士團』行動時基本上是以四人為一組。」

他一邊走上階梯，一邊解說。

樓上傳來好幾個人的說話聲。

「這麼做是為了保護彼此。我們完全不會進行橫向聯繫，大部分成員甚至不知道其他人的長相，而且基本上都是以代號彼此稱呼。就連我也不清楚所有人的身分。」

「……唔，做得真徹底。」

「但是幹部們就不是這樣了。因為我們是共同生活，絕對不會背叛的同志。」

就在約翰這麼篤定地說完後，一行人抵達了五樓。

可能因為都是男大生的緣故吧，這個樓層到處散落著脫了就亂扔的衣服和點心包裝紙。可是，細心的愛爾娜注意到有奇怪的鋼琴線混在垃圾之中。那是用來感應入侵者的圈套。

「原來如此，五樓是……」

「沒錯──這裡是只有『義勇騎士團』的幹部們才能進入的樓層。」

走廊上聚集了超過三十名年輕人。

雖然是男生宿舍，卻也有女性混入其中。另外也有像是大學職員、身穿西裝的人物。所有人都對來到這裡的愛爾娜和安妮特投以溫暖的微笑。

走廊中央擺了桌子，上面放著葡萄酒瓶和起司等食物。

「來吧！今天是歡迎會！可靠的女士加入我們了！她們可是完美達成我們提出的課題，前所未見的才女！」

在約翰的號令下，所有人齊聲發出熱烈的歡呼。

他們好像已經都聽說愛爾娜和安妮特的活躍事蹟了。眾人鼓掌歡迎她們的到來，熱情地拿葡萄酒和堅果給她們吃。

愛爾娜二人所完成的工作似乎也是入團測試。

兩人一轉眼就被學生們包圍，接連受到眾人大力讚美。

「妳們短短一星期就做出許多成果對吧？」

「沒有錯！她們幫助我們逃離了收容所！」

「那個戴眼罩的女孩幫忙改良了印刷機喔。」

「從前因為害怕王政府，逃亡到迪恩共和國的孩子居然成為革命家回到這裡——啊啊，妳們真是太了不起了！」

愛爾娜她們當然沒有對約翰等人坦承自己的身分。

她們謊稱自己出身自萊拉特王國，雖然生於中等階級的家庭，卻因為被「創世軍」盯上，不得不在親戚的協助下逃往國外。誓言復仇的她們在迪恩共和國的陸軍情報部磨練諜報技術，然後再次回到這個國家。

愛爾娜雖然感到難為情，但是對於眾人的款待並不排斥。

至於安妮特，她則是已經得意洋洋地在炫耀發明品了。

「本小姐開發了新的通訊器！」

她穿著鞋子站在桌上，一副得意自滿地挺起胸膛。

在她的周圍，大學生們為她鼓掌叫好。

「簡直是天才兒童！」「好厲害！我們一直很想得到這樣的人才！」「明明個子那麼嬌小！」「明明年紀還那麼小！」「個頭嬌小卻好優秀！」

幼小的年紀似乎也是她大受歡迎的主因。幹部們都是大學生，他們大概是把安妮特當成妹妹或學妹了吧。

但是，安妮特卻嘖了一聲。

「本小姐要把剛才說我『個子小』的傢伙全部殺掉！」

「「「真的非常對不起——！」」」

大學生幹部們立刻大聲道歉。他們對氣呼呼的安妮特擺出恭敬的態度，請求她將用大學的機械材料進行改良的通訊器分給自己。

看樣子安妮特也意外地和大學生們處得不錯。

在一邊旁觀的愛爾娜離開歡迎會的中心，移動到約翰身旁。

「這麼說來，我們也是幹部嗎？」

「這個嘛，算是臨時幹部吧。」

約翰一邊啃著起司，一邊親切地回答。

「如果是C級程度的機密情報就可以告訴妳們。妳有什麼想知道的嗎？」

「我想看看至今發行的所有會刊。」

約翰立刻便從地下倉庫拿來會刊「榮譽」。那是約莫十頁左右的手冊，過去聽說發行過幾十冊，不過有許多都因為被人告發而遭到銷毀。

現存的會刊只有五冊。

王政府過去犯下的種種錯誤。私自挪用稅金，掩蓋貴族和王族引發的傷害事件。因政策失敗而陷入窮困的人們，在穆札亞合眾國散財的官僚的醜態，以及控訴王政府違憲的法律學者遭到殺害的事實。

愛爾娜在為他們竟能收集到這麼多消息深感佩服的同時，也注意到墨水的印刷方式。

「……機械印刷？」

「妳的眼力很不錯耶。」

約翰像在說「虧妳居然看得出來」地面露淺笑。

「我們是在學生宿舍的地下據點撰寫原稿，接著在多家排版工廠分開排版，最後才在印刷工廠拼湊成完整的刊物。」

「嗯，好厲害。明明有很多結社都是以手工方式印刷。」

「妳是說使用謄寫鋼板的油印印刷對吧？上一代其實也是那麼做，後來是因為我有我爸那邊的管道，才總算改成了機械印刷。」

「……還有，這個紙張上的痕跡。」

「妳真的看得很仔細耶。我們在部分手冊上使用了隱形墨水，用來傳送特別的指示。那是用頭痛藥和酒精混合成的特製墨水。」

「…………」

「妳有什麼在意的地方嗎？」

「沒有。」一邊擔心說出來會很失禮，愛爾娜一邊回答。「我只是很驚訝。」

「驚訝什麼？」

「你們比我想像中要能幹許多。」

他們的活動方式是諜報機關的做法。

儘管偶爾做起事來給人一種青澀、不夠可靠的感覺，然而無論是組織編制、個人情報的管理、設下的圈套等等，手法全都相當巧妙。可能是因為在警方和公家機關裡面有協助者，所以也具備了向心力吧。

正當愛爾娜暗自佩服時，約翰喃喃地開口。

「這是『ＬＷＳ劇團』——傳說中的祕密結社所推行的手法。」

陌生的單字突然傳入耳裡。

愛爾娜一頭霧水。那是她從未聽過的組織名稱。

「那是什麼？」

「天曉得？」

「什麼意思啊……」

「因為有太多謎團了。他們過去確實曾經存在，但是很可惜，那個組織聽說已經消失，而且沒有人知道他們具體究竟做過些什麼。」

約翰大概也不清楚吧，只見他兩手一攤。

「那麼，他們為什麼會被當成傳說？」

「這也是一個謎。只不過，據說他們對萊拉特王國的祕密結社帶來很大的影響。他們在業界很有名喔，大家都說他們是喜歡高調的最厲害結社。」

「……可是卻沒有人知道他們做過什麼？」

「那種神祕的氛圍也很吸引人啊。只可惜他們已經不存在了。」

彷彿置身五里霧中的感覺。既然克勞斯不知道，那麼恐怕是最近才成立的祕密結社吧。

總之，這個國家的祕密結社似乎歷史悠久。許多組織成立後又消失無蹤，可見要成功發起革命是多麼地困難。

愛爾娜看著面色凝重的約翰。

她無論如何都想詢問一個問題。

「『義勇騎士團』的最終目標是什麼？」

「這還用得著問嗎？」

約翰一副覺得好笑地放鬆表情，指著眼前的幹部們。

「最左邊正在喝葡萄酒的法學部學生『奈卜』，他的叔叔被『創世軍』抓起來了。妳救出來的『德克』就讀機械工學部，是我的左右手，他曾經因為父親是加爾迦多帝國人而遭人懷疑是間諜。前面正在試用通訊器的女性『布洛特』，有著老家的農地被國家奪走的過去。隔壁的大學職員『史卡特』的父親原本是警官，只因為違背國王親衛隊的意思就立刻被迫離職。」

他所道出的，是人們飽受王政府折磨的痛楚。

家人和自身遭到受王政府保護的貴族、諜報機關傷害的人們。他們乍看只是一群普通的大學生，卻各自懷抱著充滿傷痛的回憶。

約翰的父親也遭到「創世軍」拘禁。

「所有幹部都能即刻回答——最終目標是打倒王政府。」

這句強而有力的話語中不帶一絲虛假，有的只是純粹的愛國心。

這時，約翰一臉難為情地撓撓後頸。

「只不過，現在的我們完全辦不到。畢竟我們只有分發會刊，這也是理所當然的。」

「嗯，事情沒有那麼簡單。」

他似乎也不認為光憑宣傳情報就能發起革命。

如果只是發發手冊社會就會改變，就不需要這麼辛苦了。

「因為我們現在只有揭露小小的瀆職行為啊。要是有一天能夠掌握到足以令國內的反政府情緒一口氣高漲，讓各地的祕密結社團結起來的醜聞就好了——」

「沒問題的。」愛爾娜點頭。

「嗯？」

「比這裡所有幹部都優秀的我，正是為此而來。」

她並不打算只是當個打雜的助手。

這對愛爾娜而言是革命的第一步。一邊在「義勇騎士團」臥底，同時擴大活動規模、和其他祕密結社聯繫，煽動國民發起革命。之後和成功籠絡親衛隊及貴族們的「燈火」成員合作，達成革命目標。

「為了成功發起革命，有什麼是我們可以做的？不是將來，我是說現在。」

「……這個嘛，如果是妳們或許就能辦到。」

約翰沒有否定愛爾娜強硬的發言，而是用熾熱的眼神注視著她。

「發生在弗里德里希工業區的爆炸事故。我希望你們能去調查那件事。」

◇◇◇

歡迎會結束後，約翰讓愛爾娜二人和一名女性見面。

就讀尼可拉大學醫學部的她，在地下室的據點指著一篇新聞報導說：「這是兩星期前的地方報紙。」

那是發行量很少的地方報紙。報導就刊載在那份報紙的一角。

——「弗里德里希工業區的煤礦坑因不明原因爆炸。」

那起事件發生在萊拉特王國和加爾迦多帝國的邊境都市。

據當地居民表示，傍晚時分忽然傳來巨大的爆炸聲響，強光還瞬間照亮了整片天空。有好幾個人都證實爆炸是發生在煤礦坑的方向。

如果只有這樣，其實沒什麼大不了的。

「然後，這是隔天縣知事做出的回應。」

她接著讓愛爾娜二人看的，是隔天針對同一則新聞所做的後續報導。

——「縣知事表示『未接獲工業區發生事故的報告』，呼籲民眾切勿聽信假消息。」

掌管工業區的縣知事全盤否認事故的發生。

相當有力的證詞——煤礦坑和警方都沒有通知有事故發生。所有煤礦坑都很安全順利地在運作，沒有發生爆炸，也絕對不能發生。

「為何要否認得如此徹底……？」

愛爾娜不解地問。

約翰扭曲嘴角，露出冷笑。

「這很顯然是在隱匿些什麼。」

「呃，即使是這樣——」

「那個工業區是王政府直接管轄的土地，絕對不能發生不名譽的事故。縣知事大概是受到王政府施壓了吧。畢竟再怎麼說，他也只是政府派遣的一名官吏。」

是這樣嗎？這名縣知事的態度太詭異了。

如果只是要隱匿些什麼，這樣的言行實在過於浮誇。

「……有辦法和撰寫這篇報導的記者聯絡上嗎？」

「那名記者已經被以間諜罪嫌抓起來了。」

約翰一臉遺憾地搖搖頭。

事情感覺更可疑了。縣知事和王政府似乎打算徹底掩蓋這起爆炸事故，甚至不惜讓新聞記者消失。

約翰介紹的女性取出一個小包裹。

「那個工業區裡也有許多我們的同伴。這是爆炸事件發生前不久，潛入伯特倫礦坑群的同伴『戴斯』寄來的。」

她在桌上打開包裹。

裡面裝的是一個手掌大小的金屬塊。

「包裹送達時，這上面原本覆蓋著像是煤灰一樣又髒又黑的物質。」

愛爾娜抓起那個金屬，「材質是銅？」如此判斷。

那似乎是一件用鐵鍾敲打延展銅做成的浮雕作品。造型看起來像是翅膀。金屬塊反射燈光，隱隱散發出光芒。

「這個有什麼奇怪的？」

「其實這個是我做的。」約翰靦腆地說。「翅膀是『義勇騎士團』的象徵。我把這個交給潛入艱險任務地點的好友，卻不知為何被從當地寄了回來。」

「也就是某種暗號了。」

「大概吧。在弗里德里希工業區，工人寄出的郵件包裹全部都會受到審查。他應該有想辦法避免啟人疑竇……可是如果不明白其中含意就沒意義了。」

他的語氣中帶著懊惱。

「——就連他也失蹤了。其他同伴傳來了這樣的通知。」

失蹤的男人名叫吉伯特・勒杜克。

年齡為二十四歲。是就讀尼可拉大學的學生的哥哥，因為認同「義勇騎士團」的理念，於是為了揭發王政府的惡行而潛伏於弗里德里希工業區。他和約翰是兒時玩伴，兩人經常熱烈談論關於革命的話題。

那樣的他寄來了——髒兮兮的銅製翅膀。

「……的確感覺事有蹊蹺。政府的行動太可疑了。」

神祕的爆破事件、否認此事的縣知事、撰寫報導的記者遭到拘禁、潛伏於工業區的同伴失蹤，他在事件發生前不久寄回「義勇騎士團」的象徵。

愛爾娜微微頷首。

「此事看來值得調查。說不定可以從中揪出王政府的大弱點。」

「我也有同感。那片土地本來就有爭議，假使能夠詳細調查出王政府的弱點，將成為促使革命成功的巨大原動力。雖然危險，但是交給妳們或許就沒問題。」

約翰帶著得意的表情，舉起剛才拿給愛爾娜看的會刊。

「妳們獲得的情報，我們會負責將其散布至全國各地。」

「……嗯，我會試試看的。」

他們的目的意識，和克勞斯指派給愛爾娜二人的任務相近，也就是煽動大眾。只要堅持宣傳譴責王政府的情報，革命說不定真的會成功。

看來只能去了。

弗里德里希工業區。一如約翰做出的「有爭議」的評論，那裡有著另一個稱號。

「——『製造世界大戰的工廠』。」

◇◇◇

弗里德里希工業區原本是加爾迦多帝國的領土。

據說那片土地可以開採到品質優良的煤炭和鐵礦。工業革命開始之後，當時的加爾迦多王國立刻發布政策決定著手開發，並且興建焦炭工廠和煉鐵廠，使其發展成王國首屈一指的重工業地區。不久後王國開始擴張領土，而就在他們改為冠上帝國稱號時，這個工業區已經量產出許多武器。

這個工業區推動了帝國主義，進而製造出世界大戰。

大戰結束後，對這個地區心生警戒的萊拉特王國，做出令國際社會為之震驚的暴行。

——他們派遣軍隊，占領了這個地區。

打著「因為帝國遲遲不支付賠償金」的名義。下令這麼做的人是前任國王布諾瓦。

這項暴行受到當時改走國際主義路線、以芬德聯邦為首的眾多國家責難，然而萊拉特王國卻辯稱「我國是大戰中死亡人數最多的國家」、「遲遲不支付賠償金的加爾迦多帝國不可原諒」，不肯聽勸。

王政府控制弗里德里希工業區，並且讓國民移居當地工作。

由於有著這樣的歷史背景，工業區內隨時都有軍隊駐守。

尤其出入工廠和煤礦坑的手續十分繁雜，所有進出的物品都會經過軍人檢查。槍枝當然不用說，就連通訊器之類的東西基本上也是帶不進去。

所幸「義勇騎士團」在那裡有門路。

由於據傳那裡的工作環境非常惡劣，因此他們早就為了揭發這個事實而展開調查。現在有同志潛伏在煤礦坑和工廠內。雖然無法大肆行動，但是有幾名同伴可以稍微給予一點協助。

只要運用間諜的技術，應該就能將一些通訊器和道具帶進去。

不到一星期，安妮特和愛爾娜便收到礦坑現場的工作錄取通知，並且拿到新的身分證明文件，看來應該有望順利潛入。

「本小姐不要去煤礦坑工作！」

「要——————去——————呢！」

「本小姐！覺得不管怎麼想都太辛苦了！絕對不要！」

「妳很囉唆呢喔喔喔！真拿妳沒辦法呢喔喔喔喔喔！」

「唔哇啊啊啊啊啊啊啊啊啊！」

「呢喔喔喔喔喔喔喔喔喔喔！」

「唔咿咿咿咿咿咿咿咿！」

拉著緊抱柱子不放的安妮特的腳，愛爾娜二人總算啟程前往任務地點。

從萊拉特王國首都轉乘火車，經過半天的車程。

她們來到和加爾迦多帝國的國境附近——這樣形容不知是否正確。畢竟在國際上，是萊拉特王國占領了加爾迦多帝國的領土。

途中接受持有物品的審查，再從車站搭乘專屬巴士，最後終於抵達目的地。

伯特倫礦坑群——據說發生爆炸事故的場所。

「唔喔喔喔喔喔喔喔喔喔喔！本小姐見到好～驚人的東西！」

抵達後，安妮特立刻開心地蹦蹦跳跳，一掃之前萬般不情願的態度。

巨大的紅色豎坑櫓矗立。高度達四十公尺，粗大的柱子宛如巨人的腳。塔的上層有大型捲揚機，正發出低沉的聲響不停運轉。地下有用來將挖到的煤炭運至地上的機械。櫓的下方，則是一個深達八百公尺的廣大地下空間。

令人吃驚的是那個紅色櫓和同樣的機械，在視野中竟然各有兩個。

彷彿要將小山劈開似的，這裡存在著無數煤礦坑。

「現在這裡總共有十二座採掘坑在運作。妳們剛才見到的是第十二採掘坑。」

身穿工作服的女性替兩人帶路。

那名中年女性是愛爾娜二人的上司。

「所有工人都會在工人宿舍生活。」

「大家都是萊拉特王國的人對吧？」

聽了愛爾娜的問題，女性回答「是啊」。

「因為原本在這裡工作的加爾迦多帝國人都被趕走了。後來政府在全國招募工人，把大家帶到這裡來。我也是從五年前就待到現在。」

「原來如此……」

「雖然工作環境很惡劣，但至少不用為了食衣住發愁。」

女性自嘲似的歪著嘴角說。

「妳們兩個的工作是洗衣服。」

邊走邊抽菸的她帶著兩人，來到一棟破破爛爛的建築。

兩人直到前幾天都是住在大學的學生宿舍裡，但是這裡的環境比宿舍還要糟糕。塗上灰泥的牆壁到處都是裂痕。

隔壁聽說有個小小的作業區，裡面擺了好幾台宛如浴缸的巨大洗衣機。

「妳們要負責清洗八千名工人的工作服和床單。」

如此龐大的數量，令愛爾娜不禁發出「呢！」的哀號。

安妮特也一副很後悔來這裡地露出厭世的表情。

「還有，記得不可以進入不是自己負責的區域。」

「什麼？」

「煤礦坑分為1到8區，像蛋糕一樣被分成八等分。只不過我們現在所在的第1區比其他區域都來得大，也是位於中央的區域。工人可以經由第1區前往其他地方，而待會兒我們要去的是……呃，是第3區啊。工人只能進入自己胸前牌子上註明的號碼，這就是這個礦坑群的規定。」

這個奇妙的規定讓愛爾娜不由得眨了眨眼睛。

愛爾娜拿到的牌子上寫著「1、2、3、6」，安妮特的牌子上則寫著「1、3、7、8」。上司的胸前也有寫著「1、4、7、8」的牌子。

突然聽說事前不知情的規定，愛爾娜感到不知所措。

「另外也禁止私下交談。」

女上司把愛爾娜二人帶到現場後隨即離去。

像是也被禁止多做說明一樣。

儘管早有預料，然而在煤礦坑工作實在是太辛苦了。

這十天來，愛爾娜和安妮特持續不斷地工作，完全沒有時間休息。

雖然承受的負擔和潛入採掘坑工作的男性工人恐怕是無法相比，但是愛爾娜二人的工作也不輕鬆，每天都要清洗三千人份的衣服。她們必須和其他工人合作到宿舍回收大家隨便亂扔的工作服，送到洗衣場清洗，再將吸了水的沉重衣物移到烘衣機裡面烘乾，全部整燙完之後再送回各宿舍。這是一件非常耗費體力的工作。

每天的工作時間超過十小時。

第一天下班回到女性宿舍時，愛爾娜一躺在床上就立刻沉沉睡去。

只能對每天都重複這項作業的其他女工致上無比敬意。
當然，她並沒有忘記自己的任務。
愛爾娜一邊用手推車搬運洗好的大量工作服，一邊在腦中繪製伯特倫礦坑群的地圖。可能和機密情報有關吧，上司並未給她詳細的地圖。
礦坑群占地十分廣大，兩端的距離整整超過兩公里。
除了有採掘坑的地方，其餘皆長滿茂密樹林，視野不佳。
——這裡的某處發生過爆炸。
首先必須鎖定地點才行。
可是卻有障礙會阻撓愛爾娜調查事故現場。
「喂，妳在這裡做什麼？」
一個是國王親衛隊。正當她走在礦坑內時，突然被人從背後叫住。
在占領加爾迦多帝國領土的狀態下，沒有理由不讓軍隊駐守在這裡。腋下夾著步槍的維安部隊的軍人兩人一組，在煤礦坑內四處巡邏。
「妳的號碼不能進來這裡，快點回去。」
遭到斥責的愛爾娜轉身低頭道歉。
第二個障礙是牌子的束縛。

因為這個緣故，她有一半的區域都無法進入。無法自由來去使得調查毫無進展。每一區的邊境都被用鐵絲網隔開。

「對不起，我是新來的，不知道要怎麼回去宿舍。」

「……是這邊。不要做無謂的舉動。」

軍人們不耐煩地用下巴指了指正確的路線。

他們的態度讓人很不舒服。愛爾娜再次低頭，同時確認他們身上的持有物品。

他們的胸前別著金光閃閃、散發莊嚴氣息的徽章，沒有註明數字的牌子。

（……他們就是國王親衛隊……感覺好詭異呢……）

愛爾娜眼看就快進入第5區，但她還是決定回頭。

不知為何，一股絕對不能靠近的預感在她心中翻騰。

愛爾娜當然也沒有忘了要打探消息。

她若無其事地向其他工人詢問事故的事情。

比方說，晚餐後有短短一小時的自由時間。這是唯一可以私下交談的時候。

愛爾娜住在第2區的女性宿舍裡，這裡的工人們每到自由時間固定都會在餐廳玩撲克牌。一方面因為愛爾娜的年紀在現場算是比較年輕的，所以大家都很疼愛她。

「我偶然聽說了一件事。」

愛爾娜趁著大家在閒聊，提出疑問。

「大約三星期以前是不是有發生什麼事故啊？我聽工人們說當時傳來巨大的爆炸聲響……所以覺得有點不安…………」

坐在隔壁的女性停下發牌的手。

「不曉得耶？我不知道妳在說什麼。」

「咦？可是有人——」

「我勸妳最好不要抱怨喔。現在這個時代，光是有工作就已經很幸運了。」

在座其他女性也一臉困窘地聳了聳肩。

接著她們像要轉移話題似的，熱絡地談論起長相帥氣的男性工人。愛爾娜也配合她們，讚美自己根本不認識的男人。

她們的牌子上寫著「1、2、3、4」和「1、2、3、8」。

另一天，她則是利用了午休時間。

她在轟隆作響的洗衣機旁邊啃著公司分發的三明治，對隔壁默默用餐的工人投以笑容。那是一名眼神陰鬱，和她同年代的少女。

「為什麼衣服每天都會變得這麼髒啊？」

她努力用最親切的語氣開口。

「有時衣服甚至還會沾上血跡。煤礦坑果然很危險嗎？」

「天曉得？」少女的回應非常簡短。「應該至少會受到擦傷吧。」

「我想他們一定很辛苦。要是發生類似事故的狀況——」

「不知道。還有，這裡禁止私下交談。」

少女像要躲避愛爾娜一般，冷冷地說完便站起身。

她的牌子上寫著「1、3、4、6」。

之後愛爾娜也盡可能謹慎地打探消息，結果卻毫無所獲。

她在四下無人的地方，若無其事地在閒聊中藉機發問，可是所有人卻都三緘其口地回答「不知道」。即使詢問主動向愛爾娜搭訕攀談的男性工人，也是得到相同的回答。所有人的回應都很冷淡，並且立刻就轉移話題。

就在愛爾娜心想或許最好不要再問下去時，她和一名女性變得熟絡起來。

那是一名臉色蒼白，留著長髮的女工。可能是過去曾經遭遇事故吧，她的兩隻手臂上有割傷的痕跡。隱約從長瀏海間露出的雙眼則給人死氣沉沉的感覺。

由於在同一間洗衣場工作，於是那名女性主動向愛爾娜搭話。

愛爾娜抱著最後一試的心態，向對方隱約提起事故，結果她聽了立刻臉色一變。

「那個……我勸妳在這裡最好不要亂說話喔。」

她這麼隱諱地回答。

聽到和之前不一樣的回答，愛爾娜集中精神。

「我有個年紀和妳差不多大的妹妹，所以要是妳發生什麼事……」

大概是覺得自己講太多了，她「啊」地驚呼一聲，然後警覺地四處張望。確認四周沒有人之後，她才放鬆地吐了口氣。

愛爾娜定睛看著她。

「妳知道些什麼嗎？」

「……不，我不知道。」

「妳是不是被命令隱瞞什麼事情？」

「沒有…………沒有那回事……」

她的聲音害怕地發抖。

不能再追問下去了。「我知道了。」愛爾娜點頭說道。

「謝謝妳，抱歉造成妳的困擾……我不會再追問了。」

光是這麼笑答便用盡愛爾娜全副力氣。

她的牌子上寫著「1、4、6、8」。

◇◇◇

工人每星期只有一天可以放假。

這是愛爾娜二人開始工作以來的第一個假日。由於離開煤礦坑的範圍必須辦理繁雜的手續，因此愛爾娜便和安妮特一起躺在第1區的草皮上。

「好累呢喔喔喔喔喔喔喔喔喔喔喔喔喔！」

她盡情地抱怨發洩。

感到疲勞的，不只是每天搬運大量工作服的手臂而已。

——因為怕生而產生的精神疲勞。

「燈火」成立兩年至今，有所成長的愛爾娜已經具備溝通交流的能力，可以完美地達成打探消息的工作——其實並沒有，她在面對初次見到的對象時依舊會緊張到心跳加速。

安妮特似乎也同樣感到疲勞困頓，只見她舉起雙手不停抖動。

「本小姐的手臂好痠痛啊啊啊啊啊！」

「連一公釐都不想動了呢喔喔喔喔喔！」

「啊哇啊啊啊啊啊啊啊啊啊！」

「呢喔喔喔喔喔喔喔喔喔喔！」

兩人在灑落和煦陽光的草皮上發出怪聲。

路過的親衛隊軍人們瞪了她們一眼。兩人斜眼觀察軍人們的舉動，直到他們離得夠遠了愛爾娜才小聲開口。

「…………四處打聽後我發現一件事。」

很遺憾的，愛爾娜和安妮特的工作地點和宿舍都不相同。

可以自由散步的假日是她們唯一能夠交換情報的時間。

「——大家都知道爆破事件的事情呢。」

「本小姐覺得所有人的眼神都會不自然地游移！」

看來安妮特打探的結果也是一樣。

顯然在隱瞞什麼的舉止。對大家下達封口令的應該是親衛隊沒錯。

「看樣子那果然不是普通的爆炸事故～」

安妮特咯咯笑道。

「就是呢。只不過，我們還是別再繼續探聽比較好。接下來要思考的問題有兩個——」

安妮特也對愛爾娜的話表示贊同。

「——爆炸發生的地點。以及……」

「——願意提供具體證詞的人！」

若是能夠查明這兩點，政府所隱匿的事情便會水落石出。

願意作證的人必須從「義勇騎士團」外面去尋找。

前幾天愛爾娜趁著送午餐時，和「義勇騎士團」的同志接觸了。那人是將愛爾娜二人帶進這裡的礦工。他對於爆炸的事情一無所知。

『因為我當時正好在住院，不太清楚具體發生了什麼事……』

他內疚地垂下視線。

接著愛爾娜又問『失蹤的「戴斯」先生人呢？』，他也一樣搖搖頭。

『我什麼都不曉得，只知道他忽然就失去聯絡。就連他的名字，我也是剛剛才聽說。』

成員對於革命的熱血程度各不相同，像他這樣只是在生活中稍微幫一點忙的人占了絕大多數，無法期待他給予更多協助。

「問題果然在於能夠進入的區域受到限制——」

「哼哼~！」

愛爾娜一說出心中的煩惱，隔壁的安妮特立刻站起來，大大地挺起胸膛。

「如果是那件事，本小姐！已經解決了！」

「呢？」

「是偽造牌子！只要有了這個，任何地方都進得去！」

她從口袋拿出來的是寫有號碼的牌子，而且總共有六種。據她所言，她是將別人的牌子偷過來竄改數字。

愛爾娜不由自主地往前探身。

「好、好厲害呢！安妮特，妳真是太棒了呢！」

「妳要是以為本小姐只會殺人，那就大錯特錯了！」

一面心想「如果不是那樣才教人傷腦筋」，愛爾娜打從心底安心地吐了口氣。看來她似乎有聽愛爾娜的話，沒有危害其他人。

愛爾娜看著牌子，「嗯？」了一聲。

「妳做得非常好呢……只不過，這個『1、3、5、7』的牌子應該要丟掉。」

「嗯？」

「工人無法進入第5區。以前我接近那裡時，被親衛隊從背後罵了一頓。」

也就是說甚至不需要確認牌子。

安妮特以佩服的語氣回應她。

「是喔～說到這裡，本小姐至今從沒見過5這個數字耶！」

「……妳把遇到的所有人的牌子都記起來了？」

「那當然！本小姐對自己的記憶力很有自信！」

她將至今遇過的所有號碼都列出來。

其中愛爾娜沒有見過的號碼是「1、2、6、8」、「1、2、4、7」、「1、2、4、8」、「1、2、3、7」、「1、2、7、8」、「1、2、4、6」、「1、3、4、7」、「1、3、6、8」、「1、3、4、8」。

想要隱匿事故的煤礦坑管理者，制定了限制工人往來通行的制度。

反過來說，這之中或許有指出事故發生現場的線索也說不定。

正當愛爾娜暗自思索這一堆數字時，她注意到正面玄關的方向鬧哄哄的。今天放假的女工們聚集在一起，開心地吱吱喳喳說個不停。

「吶，我聽說一件很不得了的事情喔！」

愛爾娜二人走近後，一名女性對她們說。

大概是很興奮的關係吧，她的音調很高。

「聽說『妮姬』大人來到這座煤礦坑了！」

愛爾娜不由得倒吸一口氣。

守護萊拉特王國的最強間諜「妮姬」，即將出現在愛爾娜二人面前。

◇◇◇

生活在萊拉特王國的孩子，在被父母嚴厲訓斥時都聽過這兩句話。

【「妮姬」會把做壞事的人抓走。】【任何八卦謠言都逃不過「妮姬」的耳朵。】

甚至被用來威脅別人，為這個國家所有人熟知的存在。

不只是恐怖的象徵，更是眾人帶著某種敬畏之心傳頌的對象。

宛若——天神。

間諜這樣的存在如此深入滲透到世界上，是一件相當不可思議的事情。大頭照被刊登在報紙上的她，就各方面而言都是一名不尋常的女性。

『現在要怎麼辦？』安妮特用眼神詢問，愛爾娜想了一下，做出結論。

『我想去見見她。』

她用眼神回答。

『我很好奇她為什麼要來這裡，再說她是任務最大的障礙。』

現在的愛爾娜已經換了髮色，應該沒有人會想到襲擊「創世軍」的人物會在這種煤礦坑中。只要遠遠地確認長相就好。

安妮特也沒有阻止她。

兩人互相點頭示意，之後便混在其他女工之中，朝正面玄關的方向走去。

正面玄關的旁邊，有一個安裝整片玻璃帷幕、充滿現代感的管理設施。

管理設施的入口附近聚集了近百名工人，被親衛隊擋著不許前進。可能是放下工作偷溜出來吧，其中也有身穿工作服的男性。

氣氛熱鬧得像是電影明星來了一樣。

為了不引人注意，愛爾娜和安妮特站在那群人的最後面。

此時正好歡呼聲沸騰。

「是妮姬大人！」「天哪！真的是本人！」「啊啊，她看向這邊了！」

目標人物似乎剛好從設施出來了。

一名如模特兒般身材高挑的女性，和幾個西裝打扮的人一起走出來。她見到聚集在外的工人後，「嗯？」表情愉悅地眨眨眼。

「這麼多人歡迎我，看來我挺紅的耶！」

愛爾娜睜大雙眼。

（她就是「妮姬」……！）

見到她的第一個感想，是這個女人好美。

即使扣掉高跟鞋的高度，她的身高也有一百八以上。從腳趾到頭頂，整個人的身形筆直挺拔。可是即使隔著襯衫，依舊可以清楚看出胸部、腰部的優美曲線，令人聯想起中世紀油畫裡的女神。彷彿以纖細畫筆描繪出來的波浪狀金髮，散發出更勝強烈陽光的閃耀光芒。

年齡為三十歲中段。愛爾娜從未見過如此美麗的女性。

「燈火」裡面雖然也有像緹雅、百合這樣容貌姣好的人，可是妮姬的美貌更勝一籌。

「嗯，能夠被這麼多貴婦和紳士們圍繞真是太好了。不枉費我侍奉這個國家這麼久。」

妮姬滿足地將手擱在自己豐滿的胸部上。

她的身邊跟了一名不起眼的青年。那個男人頂著亂翹的頭髮，模樣陰沉。不僅滿臉睡意、無精打采，連在看哪裡都不曉得。他將兩手插在口袋裡，一副沒在聽妮姬說話似的「嗯啊」地隨便應了一聲。

「咦？啊，對了……」

妮姬用力掐了陰沉男人的背部。

「嗯噫嗯！」男人發出有失體統的聲音。

「『塔納托斯』，我不是經常告訴你回答要明確嗎？這是給你的懲罰。」

「啊嗯！啊哈嗯！」

「喂喂喂，有這麼多婦女在看耶？就讓她們見識你的醜態吧。」

妮姬笑瞇瞇地往名叫「塔納托斯」的男人背部用力一掐，結果「塔納托斯」紅著臉，神情恍惚地發出呻吟。

眼見在場工人們無不對突然上演的ＳＭ秀感到錯愕，這時妮姬才像在打馬虎眼地露出苦笑、拍拍「塔納托斯」的背部，接著以爽朗的笑容說道。

「難得有這個機會，我就向大家打聲招呼吧。」

她叩叩叩地踩響高跟鞋，朝愛爾娜等人的方向走來。

幾名女工發出興奮的呼聲。

「煤礦坑的偉大勞工們，各位幸會。我是萊拉特王國王政府諜報機關『創世軍』的——間諜首領『妮姬』。」

見到她恭敬地行了一禮，最前排的工人們訝異驚呼。

以支配這個國家的人物而言，她的態度相當客氣。

她抬起頭後，不知為何神情不悅地皺起眉頭。然後她歪著頭，命令身後的部下。

「——塔納托斯。」

「什麼事？」

「我看不清楚所有人的臉，你來當凳子。」

「…………是。」

塔納托斯喜孜孜地在妮姬前面低下頭。

接著妮姬毫不猶豫就跳上塔納托斯的背部。她只是微彎膝蓋就跳了足足超過一公尺，而且當然沒有把高跟鞋脫下。

妮姬在部下的背上滿意地說：「嗯，這下連後面都能看清楚了。」

被高跟鞋的鞋跟踐踏背部，部下口中發出甜美的嬌喘聲。

（這些人是怎麼回事……）

不同於印象中的態度令愛爾娜感到困惑。

看來他們有著讓人難以理解的嗜好。至少塔納托斯確實是如此。

（不過，更令人感到驚訝的是——）

眾多工人們湧向妮姬的腳邊。

「我的幾個兒子每次聽到妳的英勇事蹟總是很興奮！」

「上個月，妳阻止爆破事件發生的那棟大樓裡也有我的家人！」

「我的丈夫原本是軍人，他曾經因為妳提供的情報得以死裡逃生！」

對她投以無數讚美之詞。

愛爾娜雖然事前早已得知這則情報，不過實際目睹後，內心仍不禁泛起漣漪。

——妮姬是萊拉特王國的英雄。

是在世界大戰的尾聲，引導加爾迦多帝國走向戰敗的功臣之一。從那之後，她便以這個國家最頂尖的間諜之姿，持續守護首都超過十年。

讓人無法想像她是情報員的超高人氣。

她和群眾大致握完手之後，開始用透亮的聲音說道。

「我今天來訪的目的是進行視察。因為加爾迦多帝國的情報員們正使用卑劣的手段，企圖奪回這片土地。」

她一開口，工人們立刻同時安靜下來。

妮姬生氣勃勃的說話聲響徹四周。

「這裡如今是支撐王國經濟的重要據點。為了讓受到帝國傷害的美麗國土復原，這個礦坑群必須無時無刻持續運作。我要向在背後付出的各位致上最深的感謝。每一個拚命工作的你們！才是拯救這個國家的救世主！」

她挺起胸膛，帶著無比威嚴坦然宣示。

「至於那些危害安寧的帝國鼠輩，我發誓會將他們全部抓起來，一個也不放過！」

工人們之間爆出如雷掌聲。

她的口才相當好。

一字一句都讓人感受到堅定的自信和熱情。就連身為敵人的愛爾娜，聽了也差點心生動搖。

受到眾人的聲援，妮姬一臉難為情地搔搔臉頰。

這種容易親近的態度，大概也是她如此受歡迎的主因之一吧。

愛爾娜暗自感到氣憤。

因為她知道這名美女私底下的真面目。

——保護腐敗至極的王政府的惡魔。

愛爾娜知道她所指揮的「創世軍」的防諜情報員們對國民做了什麼。他們會殘忍拷問反抗自己的人，並且出動國王親衛隊剷除反叛分子。

愛爾娜越過工人們，以平靜的目光仰望妮姬。

（無法認同呢……）

浮現在她腦海裡的，是那條水溝臭味瀰漫的道路。

遭到毆打的無辜加爾迦多帝國人。受到鴉片侵蝕、失去希望的人們的巢穴。

（……要是她真的愛國，不可能會對這種慘狀視而不——）

「那邊的小鬼，妳是在對誰釋出敵意？」

愛爾娜和妮姬四目相交了。

空氣凍結。有種周圍一帶頓時變得黯淡無光的錯覺。

「……………咦………………………………」

她腦中立刻閃過「她不可能是在跟我說話」的念頭。

愛爾娜所在的位置，是上百名工人的最後面。即使妮姬站在塔納托斯背上，身材嬌小的愛爾娜也會被淹沒在其他工人之中。

她就只是隔著超過十公尺的距離，從人群的肩膀縫隙觀察妮姬而已。

但是妮姬瞪大的雙眼卻明確地望向愛爾娜。

「妳是絲毫掩飾不了的。」

「——————！」

大量汗水從全身冒出。她知道自己失態了，然而卻已來不及挽救。

雖然想要逃離現場，發抖的雙腿卻不允許她那麼做。

其他工人們則是歪著頭，對妮姬突如其來的變化感到困惑。那種平淡的反應讓人無法理解。

——妮姬在上百名群眾中，只對愛爾娜一人散發殺氣。

令間諜退怯，甚至放棄掙扎的殺氣。

隔壁的安妮特同樣無法動彈。她正在專心消除自己的氣息。這是正確的選擇，因為假使妮姬發動攻擊，憑她也是一籌莫展。

——進退維谷。

愛爾娜領悟到自己瞬間犯下的過錯毀了一切。

進入到妮姬的視野中——光是如此，「愚人」這名間諜就會完蛋。

就在沉重壓力眼看要將她壓垮的瞬間，妮姬忽然移開視線。

「——對不起，我失態了。」

為了安撫困惑的工人們，她微微低頭致歉。

「說來令人傷心……其實我已經掌握到部分國民怨恨王政府，以及怨恨侍奉國王的我的事實。國王固然聰明，卻非全知全能之人，因此很遺憾的，我們需要一段時間才能拯救所有國民，尤其在大戰留下的傷痕尚未癒合的這個時代。畢竟在煤礦坑裡工作非常辛苦，我想難免會有人感到憤慨吧。」

她像在悲嘆自己能力不足似的垂下視線，隨即抬頭泛起微笑。

「儘管如此，我還是會竭盡全力，希望有朝一日能夠取得所有人的諒解。」

這番有如傾訴一般的發言，博得了今日最熱烈的掌聲。

愛爾娜領悟到自己被勉強放過的事實。

被妮姬真誠的態度深深打動，工人們淚流不止。

見到群眾那樣的反應，妮姬微微點頭後從部下的背部下來。

「我們走吧，塔納托斯。我從他們身上得到鼓舞了。」

「……喔，那真是太好了。」

「怎麼？要是你還沒被踩夠，乾脆請那位小姐踩你如何？」

「咦？不……我只對妮姬大人一人專一……」

「呵呵，你就是因為這樣才會興奮吧？我會好好瞧不起你的。」

「啊嗯……！」

一邊掐著部下的背部，一邊離去的妮姬二人。

看著那樣的他們，愛爾娜一時之間無法言語。

◇◇◇

逃走——除此之外無法有其他想法。

總之就是要逃！

盡可能迅速逃離！

要不顧一切地逃跑！

愛爾娜設法盡量拖延了時間。她一回到宿舍，便演了一齣事先準備好的吐血戲碼，表示自己事前已告知其他人的支氣管疾病復發了。之後她賄賂前來看診的醫生，要對方讓她暫時離開宿舍到病房靜養。

到了晚上，愛爾娜從窗戶逃離病房。

她抓著偷藏起來的包包，在煤礦坑的腹地內全力狂奔。

心臟怦通怦通地高聲跳動。

（慘了慘了慘了慘了慘了慘了慘了……！）

沒有留在煤礦坑這個選項。

愛爾娜被「妮姬」盯上了。

僅僅只是一瞬間，她就有種被對方看穿一切的感覺。愛爾娜雖然沒有被當場逮捕，但是妮姬此時已吩咐國王親衛隊對她展開身家調查也不奇怪。

全身顫抖不已。

足以改造整個大腦的原始恐懼不斷侵蝕她的精神。

（她的等級實在高太多了……………！）

汗流不止。心跳猛烈。

如果是這樣，就算不刻意裝病，或許也會被下令靜養也說不定。

——妮姬和愛爾娜至今遇過的敵人等級迥然不同。

愛爾娜和許多間諜對峙過。「炬光」及「蒼蠅」基德、「白蜘蛛」、「紫蟻」、「飛禽」、CIM的菁英。他們各個都是世界級水準的猛將。

然而妮姬的等級卻顯然不同於那些強者。

「妮姬」好像已經離開這個伯特倫礦坑群了。其他礦坑工人是這麼說的。即使如此，愛爾娜還是非逃不可。

一想到改變心意的「妮姬」有可能會立刻前來追捕自己，愛爾娜就不禁渾身發抖。

「愛爾娜！」

正當她在夜路上奔跑時，安妮特忽然從正前方現身。

愛爾娜一時煞不住，撞上了安妮特。她發出「呢」的哀號，整個人倒下壓在安妮特身上。

安妮特伸手輕輕環抱住愛爾娜的身體。

「……請冷靜下來。」

「呢……」

「深呼吸。配合本小姐的呼吸，慢慢地吸氣。」

她將愛爾娜的臉壓在自己平坦的胸部上，硬是堵住愛爾娜的嘴。

雙手微微放鬆了。

「吸～吐～」

安妮特的聲音前所未見地溫柔。

愛爾娜配合她，深深地吸氣。

「…………有本小姐陪著愛爾娜喔！」

如此輕柔的說話聲，真的是那個安妮特發出來的嗎？

「『妮姬』已經不在這個煤礦坑裡了，沒有必要慌張。」

在她的雙臂環繞下，愛爾娜的情緒自然而然地平靜下來。她剛才似乎有點過度換氣。

愛爾娜花了約莫二十秒時間，緩慢地調整呼吸。

「……愛爾娜沒想到自己有一天會被妳安撫。」

之後她輕輕推著安妮特的身體離開。

望向安妮特，只見她得意洋洋地露齒而笑。

「居然還要本小姐告訴妳冷靜一點，愛爾娜真的很沒用耶！」

「……愛爾娜都不曉得原來妳有自覺。」

為自己慌了手腳的醜態感到羞恥，愛爾娜臉頰發燙。

從安妮特提著包包來看，她似乎也順利逃出宿舍了。如果是她，她使用的手段應該會比愛爾娜來得高明吧。

「愛爾娜的本能在告訴自己呢。」

雖然知道這有點像在找藉口，但她還是決定要說。

「最好不要和『妮姬』——和那個女人扯上關係。」

「……本小姐也這麼認為！」

「光是被放過一次就已經是奇蹟了，不可能再有第二次。立刻逃之夭夭是最好的選擇。」

愛爾娜站起身，拍掉裙子上的沙子。

「不過這下可以確定了，這座煤礦坑裡果然有鬼。」

「沒錯！而且嚴重到『創世軍』的頭子會前來視察。」

「在逃走之前……」愛爾娜拉著安妮特的手。「要先做個了結呢。」

兩人手牽著手，在夜路上奔跑。

雖然沒有照明，但僅憑月光便已足夠。愛爾娜二人的奔跑速度並未因昏暗的夜色而改變。

「要去哪裡啊？」安妮特詢問。

「愛爾娜對於爆炸的發生地點有頭緒了呢。」

「喔，果然是第5區嗎？」

「那個是陷阱呢。」

「嗯？」

「不僅愛爾娜的直覺否定是那裡，更重要的是太明顯了。在這種隱藏祕密的煤礦坑中有那種地方……這一點實在很可疑呢。」

釣魚——愛爾娜知道他們的慣用手法。

妮姬自己也提過帝國的間諜正在工業區活動。如此一來，他們恐怕也有在這座煤礦坑布下逮捕隨意接近者的陷阱。

「一開始替愛爾娜二人帶路的女性，她明明已經在這裡工作五年了，卻在回答第3區時遲疑了一下。由此可見，要不是數字會頻繁地變動，就是那是最近才訂立的制度。」

「原來如此，這麼說來到處都是陷阱了！」

「不可以只相信數字。在這座煤礦坑裡，還有另一個進不去的區域。」

「……嗯？」

「牌子的號碼組合總共有十六種，而其中沒有一種組合會同時出現『6』和『7』。即使第6區和第7區之間有縫隙，工人們也不會發現。」

像蛋糕一樣被分成八等分的煤礦坑，以及被分發的牌子。

這些大概是用來製造盲點的吧。若不仔細觀察便無法識破。

「第6區和第7區之間——這裡一定有著虛幻的第0區。」

顯然可疑的第5區，以及被巧妙隱藏的第0區。

若是被問到要把賭注放在何者上，那麼肯定是後者。

愛爾娜二人進入第6區中，途中穿越鐵絲網，來到隔壁的區域。據安妮特表示，這裡果然和第7區不太一樣。

兩人沿著蓊鬱樹林中的道路行進一會兒後，氣氛陰森的灰色櫓出現在前方。櫓裡面有用來發動上層捲揚機的鍋爐室和壓縮機房，以及對採掘到的煤炭進行挑選的選炭室。另外也有寫著「第七採掘坑」的標示。

沒有守衛。

這裡似乎是現在沒有在使用的採掘坑。之前聽說的「總共有十二座採掘坑在運作」的說明看來是騙人的。

安妮特解開豎坑櫓入口處的鎖。

「本小姐解開鎖了！」

「妳真有一套呢！」

兩人取出手電筒，潛入坑道中。愛爾娜看過系統室裡的資料，知道這裡地下共有八層。

這個採掘坑的深度達數百公尺，長度則有數公里。

來到地下一樓後，出現在眼前的是一個大巨蛋狀的空間。空間裡有著煤礦坑特有的黑色岩壁，並且大到足以容納住宅。天花板相當高，牆面上到處架有防止坍塌的柱子和維修通道。

愛爾娜用手電筒照亮周圍，結果發現地面上出現巨大的坍方。地下一樓的地面崩塌下陷，形成深不見底的黑暗。

這是系統室的圖面上所沒有的洞穴。

「這真是太驚人了……」

正當愛爾娜吃驚到說不出話時，安妮特像是發現什麼似的大喊。

「牆壁凹陷了！」

「嗯？」

「表面在高溫下熔解了！這是爆炸的痕跡！」

愛爾娜注視安妮特用手電筒照亮的地方。

地下一樓的牆面上，有著旁邊曾經發生爆炸所留下的痕跡。

「……這裡就是爆炸現場？」

「至少有一部分是。根據新聞報導，當時的爆炸規模好像更大。」

「安妮特，妳認為這是事故嗎？」

「可燃性氣體從地下噴發導致起火——這類事故雖然多得是，可是並不會留下這種痕跡喔！」

「…………」

「本小姐認為就算我不多做解釋，愛爾娜應該也分得出來！」

「…………」

根本毋須回答。

愛爾娜當然分得出事故造成的爆炸，和使用火藥的炸彈有何不同。要是充滿可燃性氣體，這整個地下一樓應該都會崩塌才對。

關於這裡究竟發生過什麼事，愛爾娜心裡已經有了一個假設。

可是現在她還無法完全確定。她用帶來的相機，拍下牆面上不自然的裂痕。隨著尋找那一道道裂痕，假設的可信度也愈來愈高。

這時，身後的安妮特發出「唔嗯～」的嘟噥聲。

「……………………怎麼了？」

「本小姐的收訊器起了反應……」

安妮特手裡的機械正在閃爍著燈光。

好像是接收到某種訊號了。可是停止運作的坑道內，應該不會有無線電之類的物品才對。她們以燈光閃爍的強度為依據，找尋訊號的來源。

幾分鐘後她們找到了。

是天花板。距離地板超過二十公尺的天花板上懸掛著照明器具，而那裡掉落著一個不起眼的黑色機械。

要不是有安妮特的收訊器，恐怕無法發現它的存在吧。

她們利用牆面上的照明維修通道，前去撿拾。

「這是什麼機械？」愛爾娜抓起那個物體，一臉不解。「總覺得好像有點眼熟——」

「牆壁上有寫字耶！」

安妮特大聲地說。

黑色機械所在的照明附近的牆上，有著以潦草字跡寫下的文字。

——【國王將被取代】。

以噴漆寫下的，強而有力的字句。

宛如控訴一般的文字，將愛爾娜心中的想像化為確信。

◇◇◇

愛爾娜決定做出另一項賭注。

儘管兩人最好今晚就離開伯特倫礦坑群，然而要達成「義勇騎士團」指派的任務，無論如何都需要願意作證的人。

機會只有一次。

愛爾娜一度返回之前所住的宿舍附近。

安妮特儘管一臉不情願，還是幫忙把手撐在宿舍的外牆上，接著愛爾娜脫掉鞋子，踩在她的肩膀上跳上二樓。「本小姐的身高要縮水了！」安妮特這麼抱怨。愛爾娜決定之後再向她道歉，將手搭在目標人物所在的臥室的窗戶上。

她從窗簾縫隙觀察內部，等到對方獨處了才拍打窗戶玻璃。

窗戶一打開，她立刻潛入室內。

「妳、妳跑去哪裡了啊？」

幫忙開窗的人是一名皮膚白皙的女性，也就是愛爾娜在打探過程中給予她忠告的人。女性穿著睡衣，瞪大雙眼看著突然闖入的愛爾娜。

「剛才親衛隊的人在找妳耶。妳到底——」

愛爾娜豎起食指「噓」了一聲，示意她不要大聲說話。

既然親衛隊已經開始行動，就不能把事情鬧大。

她把臉貼近女性，小聲地說。

「希望妳能告訴我。」

「什麼？」

「之前發生在前第七採掘坑的事情。」

女性睜大眼睛。

愛爾娜再次確定她果然知情。

「那甚至不是爆炸事故……」

愛爾娜將剛才所見的情景說出來。

「現場有使用過手榴彈的痕跡。」

沒錯，那不是「義勇騎士團」所預想的爆炸事故。

王政府企圖隱蔽更加駭人的事情。

「我想了想為什麼會有那種痕跡，最後有了以下推測。硬是將工人聚集在如此惡劣的工作環境中，必然會發生的事態——罷工。像要阻止工人們團結起來的制度，還有親衛隊的警戒程度，在在都證明這裡反覆發生罷工事件。」

坑道地下一樓的文字令人難忘。

【——國王將被取代】。

對現任國王不滿的聲音。那大概是罷工的標語吧。

反政府活動無疑是在那裡舉行。

若真如此，就能夠解釋為何會有使用手榴彈的痕跡了。

「親衛隊鎮壓了那場罷工。從大量的爆炸痕跡和槍擊痕跡，可以想像得到當時爆發了多麼激烈的戰鬥！在煤礦坑這種地方戰鬥！理所當然會引起坍方！結果使得身在採掘坑地下二樓以下的人們被活活壓死！」

那是絕對不允許發生的不人道行為。

「——國王親衛隊虐殺了伯特倫礦坑群的工人。」

王政府對國民展開殺戮。這是最惡劣的重罪。

因此不難理解政府會拚命想要隱蔽此事。他們大概對同在伯特倫礦坑群工作的工人下達封口令，並且立即逮捕了報導爆炸的記者吧。

這便是煤礦坑到處都有親衛隊在巡邏警戒，以及「妮姬」會親自前來視察的原因。

這種事情若是曝光，國民想必會極為憤怒。

「看妳的反應……」愛爾娜注視著女性。「……我說的應該是事實吧？」

「啊，不是的——」

女性原本就白皙的肌膚變得更加蒼白。她驚慌地讓視線游移，像要掩飾表情似的咬住嘴唇。

我的推測果然沒錯，愛爾娜握緊拳頭心想。

由於只有間接證據，因此這是一項賭注。既然沒有時間進行縝密的調查，也只能放手賭一把了。

「不行啦。」

女性神色慌張地壓低音量。

「那件事情要是傳出去，我們會被殺掉的。上頭嚴令我們不可以告訴任何人——」

「所以妳打算對王政府唯命是從嗎？」

愛爾娜狠狠瞪著對方。

「即使發生這種事情，妮姬在這座煤礦坑依然深獲支持……理由很簡單，因為除了敬愛妮姬和國王的人，其餘都被抓起來了。」

「——！」

「親衛隊已經展開行動想要逮捕愛爾娜這一點，就是最好的證明。」

想起在「妮姬」面前高聲歡呼的工人們，愛爾娜再次感到不寒而慄。

那幅溫馨景象的背後，其實是完美的支配。

抱持反抗態度和敵意的人會立刻被「妮姬」發現，然後遭到親衛隊逮捕。剩下的全是順從王政府的人。

「這裡根本是一座地獄。」

說完，她即刻握住對方的手，在手中施力。

「我希望妳能跟我走。妳曾經給予我忠告，不惜冒著被親衛隊敵視的危險，也試圖要保護我。」

「……咦？」

「像妳這樣心地過於善良的人，在這裡一定生存不下去。」

女性對「義勇騎士團」而言是不可或缺的存在。

倘若她願意出面證實發生在伯特倫礦坑群的慘劇，約翰等人便會將此事散布至全國，為革命帶來莫大的助力。

皮膚白皙的女性露出困惑的表情。

我果然太心急了嗎？突然被這樣要求，她可能一時無法做出反應吧。

這時，外頭傳來安妮特的聲音。

「聽見腳步聲了！是親衛隊！」

親衛隊似乎正朝這邊逼近。他們大概是發現愛爾娜不在宿舍也不在病房裡，於是對她展開了搜索。

沒有時間了。儘管感到過意不去，但也只能採取威脅的手段了。

「我不會離開這裡半步。」

愛爾娜直視著女性說道。

「由妳來選擇。看妳是要和我一起逃走，還是在這裡對我見死不救。」

——任憑逼近的不幸擺布。

——扮演遭遇悲劇的不幸少女，擾亂他人的心。

即使被罵卑鄙，那也是「愚人」這名間諜的做法。利用楚楚可憐的外表，將他人一同捲進不幸之中。

只要是為了「燈火」，不管要利用這種手段多少次她都願意。

沒一會兒，皮膚白皙的女性投降似的嘆口氣，用下定決心的眼神問道：「我們要去哪裡？」

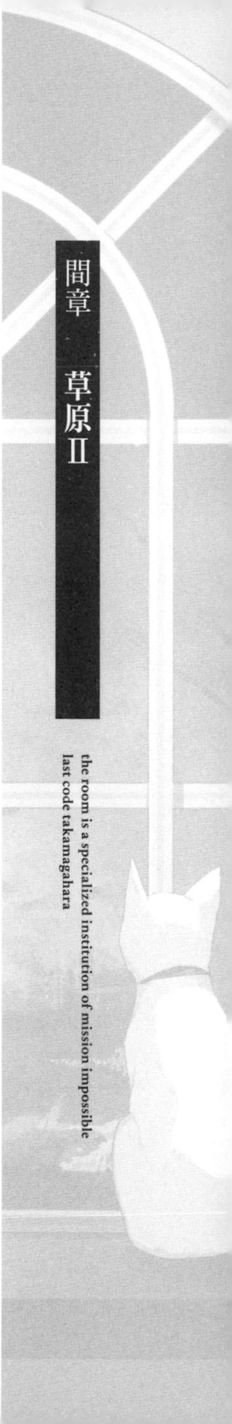
間章　草原II
the room is a specialized institution of mission impossible
last code takamagahara

莎拉當然知道「煽惑」海蒂這名間諜。

迪恩共和國的傳奇間諜團隊「火焰」的一員。和克勞斯情同姊弟。

反過來說，莎拉知道的也只有這些。

她還是第一次聽說海蒂有著演奏音樂的嗜好。

——從唱片機中流瀉而出的，是以摧毀人為目的的聲音。

音量絕對不算大，可是帶來的衝擊卻讓人以為身體是不是裂開了。

那是足以撼動身體核心，令人毛骨悚然的音色。

才開始不過二十秒，莎拉就再也站不住，還流出了鼻血。在那段時間內，她必須拚命忍耐才能讓自己不失去意識。口中應該有發出悲鳴，然而她卻沒辦法聽見。全身汗水直流的同時，身體也彷彿凍僵了一般。她甚至分不出自己究竟是覺得熱還是冷。

就在她開始連過了多久時間都分不清時，克勞斯停止了演奏。

這時，她才總算發覺自己早已跪在地板上。

「對任何事情都不為所動的心，並不只是精神的問題。」

克勞斯平靜的說話聲從上方傳來。

「唯有持續磨練實力、累積經驗的人，才能戰勝內心的不安。即使身處在任性演奏者差勁至極，令本能發狂的音色中也是一樣。」

腦袋恍惚，聽不進去任何一個字。

只不過，她知道自己沒有通過測試。沒有實力又經驗不足的人不准干涉計畫，剛才的測試清楚表達出這一點。

那是用來篩選弱者的殘酷音色。

克勞斯並沒有安慰站不起身的莎拉。雖然要是他對自己那麼溫柔，莎拉大概也會羞恥到想要立刻消失。

克勞斯將唱片收回唱片套裡，靜靜地離開房間。

「等到哪一天妳能夠平心靜氣地聆聽這個音樂，到時我再聽取妳的意見。」

他完全沒有觸碰莎拉，就讓莎拉明白自己輸給了他。

◇◇◇

「海蒂小姐的演奏是會打擊人心的武器呢。要是時代不同，甚至堪稱是一種公害。」

莫妮卡一邊揮舞刀子，一邊皺著臉說。

此刻正在進行每天例行的格鬥訓練。

儘管正在中庭使用刀子進行對打，她仍繼續說個不停。

對話也是一種訓練。明明莎拉已經喘到連開口都覺得難受，莫妮卡卻臉不紅氣不喘，像在閒話家常一般若無其事地說話。

這是莎拉第一次聽說，莫妮卡在培育學校時曾經見過海蒂一次。

一面讓訓練用的刀子互相撞擊，莎拉說出她向克勞斯提出意見的事情。

「克勞斯先生也真是壞心。他是不是真的生氣了啊？」

「小、小妹那麼做果然很失禮嗎？」

「放心啦，反正妳這個人總是在瞎忙，克勞斯先生應該也很清楚才對。」

莎拉並不曉得原來自己有那種壞習慣。這時，莎拉想起之前她在龍沖這個地方和當地黑幫決鬥時，莫妮卡也曾傻眼地對她說「妳這個人會不會太極端了？」。

正當她再次感到羞恥，「妳不用那麼煩惱啦。」莫妮卡這麼告訴她。

「妳正一步一步慢慢變強。總有一天，克勞斯先生一定會對妳刮目相看。」

她的話好幾度鼓舞了莎拉沮喪受挫的心。
實際上，莎拉的實力確實比「燈火」成立時有了大幅的成長。
一開始，她光是拿刀和莫妮卡互擊身體便會搖搖晃晃，然而如今她已經可以忍耐好幾回合。只要重心不穩，她便拉開距離，在莫妮卡展開追擊之前調整好態勢。
以能夠和莫妮卡交手為傲，莎拉用力握緊刀子。
「好的，謝謝——」
「啊——既然已經傍晚了，在下就不手下留情了。」
隨後，莫妮卡手中揮舞的刀子改變了軌道。
莎拉沒有發現假動作，結果悠哉地拿著刀子的右手背就這麼受到重擊。
「咦？」
比起痛覺，她率先察覺到的是更大的異狀。
身體浮在半空中。也不知道自己是何時被拋出去，高遠的天空忽然就出現在視野中。她甚至沒能採取護身倒法，就這麼從背部墜落在地面上。唾液從口中噴出。
「嗯，今天的訓練到此為止。」莫妮卡以淡然的態度說道。

◇◇◇

莎拉在大浴場的浴缸裡揉捏身體，替自己按摩。

全身疲憊不堪。在忍受海蒂的演奏時，她費勁地使用了平常不會去用的肌肉。手、腳的肌肉刺痛發麻。看來莫妮卡的訓練又讓疲勞感更加惡化了。

由於感覺疲勞感可能會持續到明天，她比平時更加仔細地按摩肌肉。

正當她獨自在大浴場裡休息時，又有兩名少女走了進來。

「妳還挺有一套的嘛，席薇亞。妳表現得比我想像中還要出色。」

「少囉嗦，配合妳根本才是最累人的一件事。」

是緹雅和席薇亞。

大概是度過了充實的一天吧，她們兩人開心地交談。

「真佩服妳能夠成功闖入。不過，那當然也是多虧我吸引了那些男警衛的目光啦。」

「呃，妳有吸引他們的目光嗎？我完全看不出來……」

「男人們分明就有偷瞄我！偷瞄我的大腿和胸部！」

「咦？真假？」

「就算是男人，他們也不會明目張膽地盯著看啦。他們只會一邊和『不可以看！』的理智搏鬥，一邊心癢難耐地偷瞄。」

「是喔，我完全看不出來。」

「既然這樣，我倒想問妳，妳是怎麼抓住時機點的？」

「直覺。」

「妳好厲害喔。不過，從下次開始還是由我來打信號……」

她們好像去幫忙執行克勞斯的任務了。這大概也是訓練的一環吧。

從她們開朗的表情來看，任務應該是成功了。席薇亞興高采烈地用蓮蓬頭往緹雅身上灑熱水，緹雅則儘管感到困擾依舊是笑容滿面。

莎拉用羨慕的眼神望著她們兩人。

——「夢語」緹雅和幫派、記者接觸，在短時間內組成了祕密結社。

——「百鬼」席薇亞獨自和ＣＩＭ的幹部交手，徹底騙過了對方。

兩人都在芬德聯邦有了更進一步的成長。

莎拉知道這是一件值得慶賀的事情。她們為了不輸給葛蕾特和莫妮卡，一直默默地努力精進。應該要給予她們祝福才對。

可是，不知為何現在看著她們時，卻有一股陰鬱的情緒籠罩心頭。

她逃也似的從浴缸起身，往脫衣間走去。

途中莎拉和席薇亞擦身而過，這時才總算注意到莎拉的她笑著說：「喔，妳洗好了啊？」

莎拉勉強回了一句「……是的」，然而有氣無力的說話聲卻連她自己聽了也感到空虛。

◇◇◇

人總是在開始朝著目標前進之後，才會曉得路途有多遙遠。

莎拉卻連這種理所當然的事情也不知道。

那種發言究竟有多不自量力呢？

「燈火」的守護者──懷抱這個願望又如何？如果只是擁有夢想，那麼任誰都辦得到。她只不過是終於可以站上起跑線罷了。

克勞斯說的沒錯，她真的就只是踏出了一步，什麼都還沒達成。

從前百合曾經對她直言。

──「莎拉，其實我覺得妳的目標『太貪心了』。」

──「因為妳一點都不可靠啊。」

那是平時的她絕對不會說出口的話。她嚴厲地提醒了興沖沖的莎拉。

無可反駁。因為她的話無疑一針見血。或許那也是她一直以來暗自面對的現實吧。愈是追求夢想，就愈會為了理想與現實的差距所苦。

被什麼也做不到的自己徹底擊沉。

——比起身為培育學校的吊車尾學生的當時，現在的莎拉反而更深受無力感侵蝕。

◇◇◇

莎拉將唱片從克勞斯的房間帶了出來。

她裝設好在穆札亞合眾國購買的頭戴式耳機和專用播放器，打造出可以獨自面對曲子的環境。使用頭戴式耳機聆聽雖然會產生雜音，但應該不至於讓這首曲子的威力減弱。儘管這一點都不像間諜的訓練，卻是她無法逃避的挑戰。

洗完澡的她調整呼吸，再次面對足以破壞大腦的音樂。

即使只有一點點，她也想變得比現在的自己更強。

（小妹非常清楚自己很厚臉皮……）

只有做過普通程度的努力的人，是不可能突然有所成長的。這一點她很清楚。

儘管如此，她依舊希望。

（——小妹想要獲得能夠保護大家的力量。）

比起接受無趣的現實，她更想和無法退讓的理想同進退。

與其放棄守護「燈火」同伴到底的夢想，她寧可被嘲笑是過於樂天的夢想家。

（這也是一種瞎忙嗎？）

音樂流瀉的瞬間，身體彷彿要裂開般的衝擊再次襲來。像是遭遇雷擊，自頭頂貫穿身體的疼痛感。酩酊、嘔吐、無力的感覺同時湧現，讓她睜不開眼睛，連根剷除她想要再忍耐幾秒鐘的抵抗心。

就在她快要昏厥的前一刻，某人摘下了她的頭戴式耳機。

抬起頭，只見表情不安的安妮特和愛爾娜站在那裡。

「莎拉大姊！妳怎麼流鼻血了？」

「莎拉姊姊，妳看起來好不舒服的樣子呢……」

她們好像闖進了莎拉的房間。

愛爾娜不安地說：「愛爾娜二人在走廊上聽見妳很痛苦的聲音呢。」，安妮特則鼓著臉頰抱怨：「本小姐對於大姊最近都不理我感到很不滿！」。

莎拉完全不曉得自己有發出聲音。

「安妮特前輩、愛爾娜前輩……」

兩人溫柔拍打莎拉的臉頰，看起來很擔心她的身體狀況。

淚水滲出眼眶。音樂導致自律神經紊亂，進而使她無法控制自己的情緒。再平凡不過的日常情景也能刺激她的淚腺。

將她當成姊姊一般仰慕的兩人。

——不是瞎忙。

莎拉無法為生命排出優先順序。

可是每當她思索「燈火」裡想要保護的對象，這兩人總會率先掠過她的腦海。

——不能寄望未來。什麼「總有一天」毫無意義。

再過幾天就要開始執行任務了。為了保護分開後將要撲向危險的她們，莎拉迫不及待想要成長。

克勞斯的讚賞和莫妮卡的激勵，都拯救不了現在的莎拉。

她心中只有一個願望。

（小妹現在就想獲得保護這些孩子的力量……！）

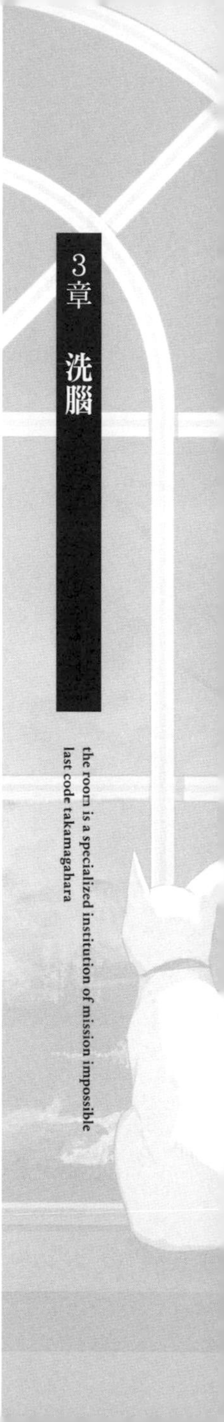
the room is a specialized institution of mission impossible
last code takamagahara

3章　洗腦

自伯特倫礦坑群逃走的那天深夜，愛爾娜一行人躲藏在「義勇騎士團」的同志家中，兩天後坐上卡車的車斗，成功返回據點的學生宿舍。

她們對立刻出來迎接的約翰等幹部們，報告自己在煤礦坑的所見所聞、爆炸痕跡的照片、願意出面作證的人物之後，他們全都興奮得漲紅了臉。

「妳們真是太厲害了！」

他們用響徹整個樓層的音量大聲地說。

「假使這件事情是真的，那可是超大的獨家新聞啊！王政府肯定會因此遭到推翻！這無疑是『義勇騎士團』史上掌握到最大的消息！」

「我們只是運氣很好呢。」

愛爾娜雖然這麼謙虛地說，內心卻感到很自豪。

儘管她們目前可能還不算是正式成員，還是很高興能夠對組織做出貢獻。

「只不過，我們沒有查到下落不明的『戴斯』先生的消息。」

「這樣啊……說不定——」

「他也許是被親衛隊抓起來了。因為知道太多祕密，不對——」

愛爾娜整理時間順序，重新思索。

他將浮雕作品寄來的時間，是爆破事件發生前不久。

「他說不定在前第七採掘坑參加過罷工。」

「有可能喔。他是一名為了讓弟弟和母親安穩度日而投身活動的熱心義士。若是煤礦坑內發起了反政府活動，我想他應該會參加。」

「這樣啊……」

如果是這樣，那麼他有可能已經遭到親衛隊殺害了。

愛爾娜回想起那個充斥爆炸痕跡和槍擊痕跡的地下空間。發生過激烈戰鬥的證據。當時工人們想必在那座煤礦坑裡，奮不顧身地抵抗武裝的親衛隊吧。

想像他們心中的遺恨，愛爾娜不禁緊抿嘴唇。

雖然好奇王政府是如何在文件上處置他們，愛爾娜仍決定之後再探究。她現在想先好好休息。

「詳細情形可以去問克蘿伊小姐。」

那是愛爾娜從礦坑群帶回來，皮膚白皙的女工。

「只不過她現在也累了，所以就等之後再說吧。」

名叫克蘿伊·佩爾謝的她，大概是被突如其來的逃亡給累壞了，現在正在地下室的簡易床鋪上熟睡。

「說得也是。」約翰點頭回應後面露笑意。

「既然如此，現在就由在場幹部一起開個簡單的慰勞會吧。大家都還想聽聽妳們的經歷。」

愛爾娜雖然很想休息，仍無法辜負眼神發亮的他們的好意。

安妮特儘管我行我素地拋下一句「本小姐想要研究在煤礦坑發現的機械！」就開始專心把玩機械，卻沒有打算離開現場。

約翰等人迅速拿出葡萄酒和堅果擺在桌上。

「感覺你們很喜歡開派對耶。」

愛爾娜苦笑著說。

「這個祕密結社真的沒問題嗎？」

「要不是因為妳們來了，否則我們很少這麼做啦。」

約翰哼著歌，一邊在玻璃杯中倒入葡萄酒。

結果宿舍裡的幹部們將嘴巴湊到愛爾娜耳邊，說：「這是真的喔，自從妳們來了之後，代表就總是心情很好的樣子。」其他幹部們也嘻嘻笑個不停。

在約莫十名大學生的圍繞下，愛爾娜拿起一杯葡萄汁。

「——一隻燕子未必能夠喚來春天。」

乾杯之後，約翰喜孜孜地開口。

「只憑一則情報也無法輕易引導出結論。我不是那種會只因妳們表現出色，就以為革命能夠成功的樂觀主義者。」

「是……」

「不過，只要像這樣一個又一個地累積成功，『春天』或許就會到來。」

春天——那是革命成功的意思嗎？

愛爾娜儘管一身疲倦，仍繼續應付上前勸酒的他們。

結束持續約莫三十分鐘的慰勞會後，愛爾娜和安妮特來到儲藏室。

因為地下室實在很難睡，於是她們借住在「義勇騎士團」所有的一個房間裡。假使「創世軍」或親衛隊來了，這裡也有路徑能立即逃跑。兩人同時倒在只是把棉被鋪在木箱上的簡易床鋪上。

「本小姐再也不要在煤礦坑工作了！」

「呢。愛爾娜也不想再入侵那裡呢……」

兩人難得意見一致。

安妮特把臉埋進枕頭裡哇哇大叫，還一邊用腳亂踢亂蹬。她的壓力可能已經大到快要爆發了吧。由於可以想見她一旦怒氣爆發，之後必定會接連引發衝突，因此愛爾娜對於兩人能及時逃出感到鬆一口氣。

注視著安妮特漂亮的後腦勺，愛爾娜稍微將身體往她挪近。

「可是安妮特——」

壓抑不住臉上泛起的笑意。

「——愛爾娜二人的任務進行得意外順利呢。」

她打從心底這麼認為。

當初她本來還為這個組合感到擔憂，結果目前為止任務進行得相當順利。她們潛入地下祕密結社，受到他們歡迎，還掌握住煽動革命的素材。

那正是「燈火」賦予身為煽動組的愛爾娜二人的職責。

兩人沒有依賴其他年長的成員，憑藉自己的力量辦到了。

再加上，她們還有愛爾娜在這一年間，透過在律師事務所打工所收集到的、擁有反政府思想的人物清單。只要巧妙利用，「義勇騎士團」應該可以進一步擴大勢力。

安妮特猛然抬頭。

「真是的！什麼叫做『進行得很順利』啊！」

「呢？」

「本小姐認為，在妮姬那傢伙面前毫無戒備地露臉是很大的失誤！」

「那、那真的是很抱歉呢……」

「本小姐覺得妳不夠反省自己！」

「呢喔喔喔！不、不要撲過來呢！」

愛爾娜和突然捏住自己臉頰的安妮特扭成一團，經過一陣激烈扭動，最後兩人從木箱床上跌了下去。

之後她們就這麼躺在地板上，仰望儲藏室的天花板。

「呵嘻嘻。」

「嘿嘿嘿。」

一放鬆下來，臉上便情不自禁泛起笑容。完成一件工作的成就感充滿全身。

兩人回到床上，滿心歡喜地聊天。

「真好奇其他姊姊們現在過得怎麼樣呢。」

「感覺應該沒有其他組合會進行得比本小姐二人還要順利！」

「肯定是這樣呢。」

「百合大姊八成已經被抓起來了！」

「……輕易就能想像得到呢。」

「莎拉大姊說不定長高了！」

「緹雅姊姊一定變得更暴露了呢。」

「莫妮卡大姊肯定變成奇怪的超人了！」

「席薇亞姊姊一定變得渾身肌肉。」

「葛蕾特大姊則是因為見不到克勞斯大哥而病懨懨的！」

「……好想大家呢。」

「嗯。本小姐明白妳的心情。」

想起一年不見的同伴們，愛爾娜心裡頓時有些難過。

沒有人會誇獎她現在的努力。要是聽說她和安妮特有順利完成工作，她們的表情不曉得會有多驚訝。

可是愛爾娜不會說洩氣話。全員集合之時是——革命成功的時候。

「安妮特。」

愛爾娜望著床整理好之後立刻就在上面打滾的搭檔。

「稍微休息過後，要不要出去散步？」

安妮特一臉納悶地歪著頭。

然而愛爾娜沒有多做回應，就這麼倒在床上決定先睡一覺。

◇◇◇

由於被約翰發現有可能會挨罵，因此兩人偷偷地離開宿舍。

為了避人耳目，她們沿著建築的屋頂散步。從四層樓的旅館，前往裡面有裁縫店的三層樓建築。接著朝煙囪一蹬，跳到隔壁有瓦片行和泥水工程行的大樓。之後又朝著有餐酒館和照相館的大樓而去。

在這個感覺隨時都會下雨的夜晚，應該沒有人會仰望上空走路吧。

兩人時而使用安妮特特製的鐵絲槍，在夜景璀璨的琵爾卡市內散步。她們緊抱著彼此，一起輕飄飄地飛越上空。

街頭上充滿了設計精巧的噴水池和路燈，每一條道路皆是藝術作品。

尤其這一天大馬路上正巧舉辦盛大的活動，響亮的喇叭樂聲時時傳入耳中。

「今天好像是國王繼任王位的兩週年紀念日！」

「哼，真令人作嘔呢。」

儘管已是晚上，通往宮殿的大馬路上依舊擠滿許多民眾。

由於靠得太近會有麻煩，愛爾娜二人於是在鄰近的大樓停下腳步，躲在大煙囪後面。

雖然從這邊看不見，不過底下似乎正在舉行稱頌克雷曼三世的遊行。

看似王族和貴族的人穿著氣派服裝，從車上向外揮手。在一旁護衛他們的親衛隊眼神凌厲。大馬路周邊除了警察和軍人，應該也有諜報機關「創世軍」混在其中吧。兩年前芬德聯邦發生皇太子暗殺事件，為了防止類似慘劇再度上演，他們應該已將全王國的間諜都抓起來。恐怕連毫無關聯的人民也是如此。

月夜下，人們浩浩蕩蕩地行經以花朵、紙片和火炬點綴的街道。而在一旁的，是今天甚至還沒能以麵包果腹的飢餓流浪漢。

心想「大概遲早會施放據說國王喜歡的煙火吧」，兩人並肩坐在屋頂上。

一面俯瞰夜景，愛爾娜喃喃地開口。

「……其實愛爾娜有個想法呢。」

「嗯～？」

「這次『燈火』所挑戰的任務規模比以往都大上許多呢。」
「就是說啊～畢竟是要改變整個國家嘛～」
「嗯。這麼做同時也能拯救在這個國家受苦的人們。」
她撫摸被夜風吹動的瀏海。
「要是成功了——愛爾娜應該總算能夠喜歡上自己。」
愛爾娜一直都很討厭自己。
自己以外的家人全都死去，只有自己存活下來這件事始終令她感到愧疚。後來，她學會自導自演事故來保護自己，卻也對如此卑鄙的自己感到厭惡。她學會了「只要身處不幸就會受人同情」，進而愛上不幸；總在無意識間受到不幸吸引，並不時將他人牽扯進來。
她一邊點頭，一邊說出自己一直深藏心中的願望。
「所以，等到哪天成功的時候——愛爾娜就要辭去間諜的工作。」
安妮特難得發出「哎呀」的驚呼。

她甚至尚未告知克勞斯這個想法。

「愛爾娜要跟隨莎拉姊姊的夢想呢。離開『燈火』雖然令人感到寂寞，不過愛爾娜要和莎拉姊姊一起開店，過著悠閒的生活。」

愛爾娜已經從莎拉那裡，聽說她正在考慮引退的事情。

大概是受到感化了吧。

愛爾娜原本就比較喜歡安穩地過日子。她之前沒有選擇那種生活，是受到家人和「鳳」帶給她的使命感驅使。

可是這一年來，她對自己的巨大影響力有了自覺，進而產生出那種想法。

——當我成功改革這個腐敗至極的國家，成為有臉面對家人的傑出人物時。

——當我掌握迫使「鳳」毀滅的「曉闇計畫」的全貌時。

愛爾娜一定可以懷著開朗愉快的心情，辭去間諜的工作。

「所以愛爾娜這次才會過分有幹勁啊！」

安妮特恍然大悟似的露出大大的笑容。

「結果卻在煤礦坑陷入恐慌！本小姐覺得很有趣！」

「妳很囉嗦呢。」

「不過，妳為什麼要跟本小姐說這件事？」

安妮特納悶地問。

她好像真的想不通。

為她的遲鈍感到好笑，愛爾娜笑著回答。

「安妮特，妳要不要也一起來？」

「…………？」

「愛爾娜承認呢。這一次，愛爾娜確定妳和愛爾娜是一對好搭檔。」

她吸入夜晚冰冷的空氣。

「——妳、我，再加上莎拉姊姊，未來一定會有快樂的日子在等著我們。」

「燈火」剛成立時她們兩人老是吵架，無法坦率地面對彼此。

然而如今，愛爾娜已經可以向她表明真心。

在愛爾娜眼裡，安妮特是和自己意氣相投的朋友。對於容易在自己和他人之間築起一道牆的愛爾娜，安妮特總是強行破壞那道牆來接近她。

「…………………」

可是，安妮特卻沒有回答。

漫長的沉默過去，愛爾娜的臉頰開始發燙。

「…………妳、妳倒是說句話呢。」

「…………………………」

安妮特用宛如黑洞的眼睛盯著愛爾娜，表情毫無人味。平時總是掛在臉上的淺笑完全消失。

「本小姐覺得那樣很困難。」

好比透明玻璃般無色透明的聲音。

不帶一絲感情，冷冰冰的聲音。

「為什麼……？」

出乎意料的回答令愛爾娜呼吸困難。

她將身體轉向安妮特，往前探身。

「愛爾娜二人明明處得很好，妳也可以度過更普通的人生。再說，妳和『義勇騎士團』的人們相處時感覺也很開心，所以一定不會有問題——」

「本小姐只是在演戲。」

安妮特像把愛爾娜伸出的手甩開一般，打斷她的話。

「本小姐根本不在乎那個結社的所有人。」

「咦……」

「本小姐再說一次——無論這個國家的人變得如何，本小姐都不感興趣。」

發覺自己完全沒有看清這個事實，愛爾娜不禁屏息。

安妮特在活動過程中看起來很開心，在歡迎會上受人疼愛時也是笑容滿面。難道那些全都是裝出來的？

——只是為了方便執行「燈火」的任務。

——只是覺得試用發明品很有趣。

愛爾娜很想追問是不是這樣，然而卻猶豫不決。

安妮特緩緩站起轉過身，裙子隨之飄揚。她好像要回去了。安妮特邁步從愛爾娜身旁走開。

「愛爾娜，請妳不要誤會了。」

她低聲說道。

「本小姐會變得愈來愈壞喔。」

完全無法理解那句話的意思，愛爾娜只能默默目送她離去。

結果，那天晚上並沒有施放任何一發煙火。

◇◇◇

兩天後，約翰將「義勇騎士團」的成員們聚集在尼可拉大學的講堂。

總共有超過五十名年輕人到場。

由於法律禁止二十人以上的集會，因此他們利用好幾個研討會的名稱，以舉辦讀書會的名義租借講堂，並禁止非相關人士進入。

不只是大學生，至今熱心投入活動的校外幹部們也來了。

據約翰表示，上一次這麼多成員齊聚一堂已經是兩年前的事情。

平時他們為了避免情報外流，除了住在宿舍的幹部外，都不會聚集在同個場所。

集會前不久才得知此事的愛爾娜擔心地問「這樣沒問題嗎？」，結果約翰堅決表示「克蘿伊小姐好像無論如何都想當面對大家說」。

看來好像是特例。雖然感到不安，也沒辦法對他們難得的興致潑冷水。

「畢竟這次可是足以顛覆國家的大新聞啊。」他興奮地說。

到場的人之中，好像有許多擅長散布傳單的高手。有在公家機關負責偽造身分證明文件和工作證的男性、支持同志的活動的女警官、利用鐵路在全國散布傳單的鐵道員等等。

晚上六點，講堂的鐘擺時鐘發出聲響的同時，約翰開口。

「這次，我緊急召集各位前來的理由只有一個。」

他熟練地在眾人面前發言。

「我們得到了一個足以擺脫王政府掌控的重大消息。由於時間寶貴，我會簡短公布情報內容，然後一口氣將其散布至全國。」

講堂內的成員發出「喔喔」的驚呼聲。

愛爾娜二人坐在講堂後方的位子上。

「克蘿伊小姐，可以請妳向大家說明嗎？」

在約翰的催促下，克蘿伊站上講台。

她之前在煤礦坑時膚色白皙到幾乎病態，然而如今大概是心情平靜多了，臉上開始有了一點血色。身穿米色上衣的她視線低垂地站著。

「我叫做克蘿伊，我在那座煤礦坑裡工作了三年。」

她微微點頭致意後，用略顯膽怯的態度開始說道。

「三年以前，我本來是在米雷地區的工廠工作，可是工廠的所有工人突然就被政府強制徵用，也不管我們的意願如何，就強迫我們到那個礦坑群工作……」

就連愛爾娜也不曉得她的那段過去。

記得沒錯的話，她好像提過她有妹妹。這麼說來，她是在王政府的強制之下突然被迫離開居住地和家人，前往和外界隔離的煤礦坑了。

（她的遭遇實在令人同情……）

其他幹部們也滿臉不捨地咬住嘴唇。

他們所有人身上，想必也都背負著和她類似的悲慘過去吧。

（不過，只要這個事實在全世界散播開來——）

克蘿伊首先描述工作環境，不久便轉移到主題也就是罷工的話題上。

「上個月，伯特倫礦坑群發生了大規模的罷工運動。工人們堆起路障，固守在第七採掘坑內，要求改善工作環境。可是因為和政府方面交涉得不順利，後來沒多久便演變成衝突……」

愛爾娜二人掌握到的情報正確無誤。

一名坐在講堂前方的女幹部開口插話。

「……莫非那則爆炸新聞的真相是——」

「應該是被使用在國王親衛隊和罷工團體的抗爭中的手榴彈。」

幹部們一陣驚呼。

他們大概也明白事情的嚴重性吧，所有人的態度都變得積極起來。這則密告無疑將成為王政府很大的把柄。

約翰繃著臉，「繼續說吧」地催促她說下去。

克蘿伊緊抿雙唇，神情嚴肅地點點頭。

「罷工的消息事前就已經在煤礦坑的工人們之間傳開。具體的日期和時間並未公布，只有要求大家事情一發生就立刻趕過去……我雖然沒有參加，但我知道是從中午左右開始。可是，那天傍晚卻突然來了好多軍人——」

克蘿伊仔細描述現場淒慘的情況。

響徹四周的槍聲和爆炸聲。她和其他工人一起抱膝而坐，躲在宿舍裡面不敢出去。部分礦坑坍塌的聲響有如地鳴。戰鬥不到一小時便結束，之後許多工人都消失無蹤。

原本興奮的幹部們聽完之後，身上散發出來的怒氣連後方的愛爾娜也感受得到。

見到克蘿伊一度止住話，約翰走上前來。

「——事情就是這樣。更詳細的內容等一下會再進行統整，總之從明天開始我們必須將這個事實散播出去。我們要啟動K計畫，緊急發行會刊並且散布至全國各地。」

他以傳遍整座講堂的音量，高聲說道。

彷彿在為邁向革命的一大步獻上祝福。

「這是一場總體戰。我們要傾盡所有力量——」

「——只不過，我希望各位能夠明白一件事。」

克蘿伊打斷約翰的話。

「這一切全都是加爾迦多帝國的間諜在幕後搞鬼。」

氣氛驟然改變。

和先前截然不同，十分尖銳的語氣。

這番任誰都沒有預料到的發言，令現場頓時變得鴉雀無聲。不要說幹部們了，就連約翰也僵在原地。

所有人都不明白那是什麼意思。愛爾娜也是一樣。

克蘿伊不僅態度驟變，發言內容更是讓人無法理解。

「卑劣的加爾迦多帝國間諜們時時都對我們的生活造成威脅。」

克蘿伊接著說。

「他們的目的是破壞萊拉特王國最大的工業區，令產業停滯。當地的鐵路好幾度被炸毀，在煤礦坑工作的人們的事務所也遭人縱火。我們這些工人都很害怕加爾迦多帝國的間諜。」

她的話語中逐漸帶著熱度，音量也慢慢加大。

「令人感嘆的是，工業區裡也有受到他們教唆、從事反政府活動的人。這次爆發的罷工也是如此。加爾迦多帝國的間諜挑起人們對王政府的仇恨情緒，誘導他們做出激進的暴行，導致國民之間彼此仇視、互相殘殺。」

她之前從來不曾用這種充滿抑揚頓挫的方式說話。

克蘿伊具有穿透力的聲音，清楚地傳遍講堂各個角落。這是明顯受過訓練的發聲法。一字一句都清晰可聞，自然而然地傳入耳裡。

一股不祥預感從愛爾娜的內心深處湧現。

她正帶著清楚明晰的意識，試圖改變「義勇騎士團」的想法。

「伯特倫礦坑群正遭受帝國間諜的威脅。我是因為想要傳達這個事實才來見你們的。」

「等一下──」

大概是忍不下去了，約翰插口。

他大步逼近對自己投以平靜目光的克蘿伊。

「妳在胡說什麼？這和我們之前講好的不一樣啊！」

「可是這才是真相。」

「再說，王政府不是強制徵用妳──」

「我原本待的工廠無論何時倒閉都不奇怪。現在這個時代，光是有地方願意僱用我就謝天謝地了。能夠為這個國家的發展盡一份力，我為此感到非常自豪。」

克蘿伊從頭到尾都在替王政府說話。

臉上還開始流露出傻眼的表情。

「這是伯特倫礦坑群的工人們共同的想法。」

「……！怎麼可能有那種蠢──」

「既然你覺得我的話是錯的，那我問你，你們覺得傳到煤礦坑腹地外的巨大爆炸聲響是怎麼來的？」

「啥……？那當然是親衛隊們用手榴彈對付工人——」

克蘿伊發出輕笑。

「你都推測到這個地步了卻還沒察覺嗎？只不過是鎮壓一場罷工，明明使用步槍便已足夠，為什麼會需要動用到炸彈？而且還是在有可能崩塌的煤礦坑裡？由此可見一定是有不得不使用炸彈的狀況。沒錯——是因為工人們手中握有重火器。」

「……………！」

「你不覺得奇怪嗎？那個工業區有陸軍在看守著，一般工人無法將火器帶進去。除非受到擁有間諜技術的人協助。」

對於克蘿伊發表的言論，約翰完全無法反駁。

見到他那副模樣，幹部們互使眼色詢問「這是怎麼回事？」，表情一臉困惑。

他們大概已經發現集會沒有按照原定計畫進行了。

其中還有人直視著克蘿伊，擺出一副「姑且先聽聽她怎麼說好了」的態度。

這樣的應對態度看似冷靜，但不管怎麼想都非常不智。

正當約翰準備強行制止克蘿伊發言時，她又接著繼續說。

「奇怪的地方還不止如此。你們似乎是見到現場所遺留的『國王將被取代』的標語而推測這是一場反政府運動，可是這很詭異吧？工人要求的明明是改善工作環境和加薪，為什麼會一下子變成是在譴責國王？煤礦坑的管理方也是如此。如果要抑制罷工，只要改善宿舍髒亂的環境就好，何必把錢花在將礦坑群分成八區的鐵絲網和牌子上呢。」

克蘿伊一口氣說完後，靜靜地泛起微笑。

「只要用常識來思考——應該就能察覺背後是加爾迦多帝國的間諜在搞鬼。」

愛爾娜一臉茫然。

（她到底在說什麼？）

不明白她的目的。

愛爾娜的推測確實有牽強的部分，因此她才會冒險尋求證人，想要從身為工人的克蘿伊口中探聽出他們的蠻橫行為。

（她在愛爾娜二人面前從來不曾有過這種舉動——）

克蘿伊接連不斷的發言令約翰手足無措。

愛爾娜注意到，她像是對那種反應感到滿意似的歪斜嘴角。

她對著講堂內的幹部們高聲說道。

「請回想起來！加爾迦多帝國的軍人們是如何殺害我們的父母！是如何用大砲攻擊琵爾卡這座美麗的城市！」

她拚命控訴。

彷彿自己就是悲劇中的女主角。

「請回想起那些為了滿天的轟炸機膽戰心驚的夜晚！」

她眼泛淚光，用言語的力量直擊聽眾的心。

「——請不要相信加爾迦多帝國的宣傳手段！」

「開什麼玩笑啊啊啊啊啊啊啊啊！」

約翰發出怒吼，捶打講堂的牆壁。

他好像發現克蘿伊懷有明確的惡意了。他不顧拳頭滲血，對著她大聲咆哮。

「少說那種無聊的謊話！王政府的蠻橫行為——」

「你要隱蔽不合你意的事實嗎？」

克蘿伊嘲諷地嘻嘻一笑。

「——我明明是你們帶回來的證人耶？」

那副從容的態度，和她剛才表示自己在煤礦坑感到害怕的印象迥然不同。

詞窮的約翰像要尋求救援一般，望向講堂後方的愛爾娜。

「真的嗎？她真的是妳們從伯特倫礦坑群帶回來的——」

「……沒有錯。」

愛爾娜也即刻起身否定。

要是不趕快改變現場的氣氛，後果將會不堪設想。

「雖然沒有錯，但是——」

「請不要逃避真相！」

克蘿伊提高音量，不給愛爾娜說話的機會。

「此時此刻，正有無數帝國的間諜潛伏在這個國家中，進行各種破壞。他們捏造王政府的惡評，誘導國民彼此憎恨。」

她以陶醉般的語調面露微笑。

「唯一能夠保護這個國家的——只有妮姬大人。」

「妳在叫我嗎？」

聽見說話聲突然從講堂最後方傳來，所有人無不倒吸一口氣。

大概是從位於背後的門進來吧。

趁著所有聽眾的注意力都放在克蘿伊身上，無聲無息地潛入。
美到不像這個世界的人的女人。
同時蘊藏美麗與英氣的雙眼，如蕾絲窗簾般輕盈飄逸的頭髮，以及充滿慈愛與母性的豐滿胸部、曲線優美的結實長腿。
萊拉特王國的英雄與支配者——諜報機關「創世軍」的頂點妮姬。

◇◇◇

啪啪啪的乾癟掌聲響起。
從後方大大方方進來的妮姬，帶著充滿稱讚意味的笑瞇瞇表情來到講堂中央。她拍著手，對克蘿伊及她身旁的約翰投以笑容。
「太好了，你們終於找出真相了。」
「妮姬……」
約翰的語氣毫無生氣。
講堂內的幹部們全都無法動彈。他們好像都認得妮姬的長相。不過就算不知道，見到散發異樣氣勢、容貌姣好的她，應該也察覺得出來。

繼妮姬之後，好像是她的隨從的男人「塔納托斯」也微低著頭，進入講堂。這個男人依舊雙眼混濁，令人毛骨悚然。

見到兩人闖入講堂，「義勇騎士團」的成員們無不愕然。

「克蘿伊小姐，是妳找她來的嗎？」

率先回神的約翰逼問講台上的人。

「集會場所不可能曝光。一切都是妳們設計好的——」

「和她沒關係啦。」

妮姬露出雪白牙齒，搖了搖手。

「我從一開始就得知你們的活動了。只是因為覺得無害才放任你們不管。」

這名美到即使是敵人也會看到入迷的女性，只是以柔和的語調說話便能令對方安分下來。連身為同性的愛爾娜也深受那副魅惑笑容吸引。

約翰像被震懾住似的啞口無言。

可是愛爾娜的理智在大喊。

（她在虛張聲勢。）

無論怎麼想，克蘿伊和妮姬都不可能沒有關係。

時間點太湊巧了。剛才她發表的演說顯然有受過訓練。

——克蘿伊．佩爾謝是「創世軍」的情報員。

約翰雖然好像也有察覺，可是他卻腦筋一片混亂，說不出話來。妮姬突如其來現身，再加上近距離目睹她的美貌，使得約翰慌張地眼神游移。

「妳到底來做什麼……」

從他口中發出來的聲音極其虛弱。

妮姬大口吸氣，然後做出令人不敢置信的舉動。

「——很抱歉。」

她深深低下頭，毫無防備地露出後腦勺，而且還重複了兩次。不只是約翰，她也對講堂內的幹部們恭敬地彎腰，表達歉意。

道歉。

妮姬維持低頭姿勢三秒後才抬頭，神情內疚地扭曲眉毛。

「我似乎讓你們產生了很大的誤解。其實我是因為掌握到你們將伯特倫礦坑群的工人帶回的消息，才想趁這個好機會解釋清楚。」

妮姬的態度始終謙遜。

在一旁待命的塔納托斯慌張地搖手。

「……妮、妮姬大人，您沒有必要道歉——」

「少囉嗦。」妮姬用高跟鞋的鞋頭踢了他的腿。

「啊嗯！」

發出陶醉的聲音，塔納托斯沉默下來。

看來無論身處何種情況，他們的關係都不會改變。

這番和狀況完全不搭調的愚蠢互動，使得「義勇騎士團」成員們更加不知所措，只能有如口吐哀號的稻草人在一旁靜觀。

「…………誤解？」

約翰一臉不快地皺起眉頭。

「什麼誤解？可以請妳解釋清楚嗎？」

愛爾娜在講堂後方咬牙切齒。

（——不可以搭腔啊！）

她用眼神示意，可是約翰沒有看向這邊。

一切都是為了掌控場面而使出的演技。無論是突如其來的現身、誇耀自身美貌的舉止、冷不防地道歉，還是和部下的滑稽互動，全部都是。

對話的主導權已經掌握在妮姬手中。

愛爾娜考慮是否應該進行破壞。

可是如果她現在採取醒目的行動，一定會被妮姬盯上，因此她無法動彈。

只能眼睜睜看著現場的主導權被掌握在敵人手中。

「一如她的說明，礦坑群的罷工確實受到加爾迦多帝國在背後操控。」

在約翰的催促下，妮姬輕聲道來。

「因此王政府有必要隱蔽這件事。『加爾迦多帝國的間諜成功進行了多項破壞』……這樣的事實一旦曝光，帝國將會更變本加厲，令國民陷入不安。這是保護國家的必要措施。」

完全是狡辯。

所幸約翰仍保有能夠看穿這一點的理智。

「開什麼玩笑……」

他用力捶打講台，扯開嗓子大喊。

「……我們的同志在伯特倫礦坑群失蹤了。是你們殺了他！還有其他工人也——」

「你的同志代號是『戴斯』，本名叫做吉伯特對吧？」

妮姬若無其事地說。

見到約翰錯愕地「咦？」了一聲，妮姬對他投以溫柔的笑容。

來。

「放心吧，國王親衛隊怎麼可能會殺害國民呢。」

妮姬用下巴指示出入口的方向，結果就見到一名「創世軍」的女性情報員將一名男性帶進來。

那名男性的年紀和約翰相仿，大約二十歲中段。一頭褐色短髮，長相仍保有些許稚氣。身穿整潔襯衫的他，神情愧疚地說「……約翰」。

見了他的外表特徵，愛爾娜也察覺到了。

「吉伯特……」約翰茫然地呢喃。

沒錯，他就是之前被認為在伯特倫礦坑群失蹤的「義勇騎士團」的情報員。他的身上到處都沒有外傷，氣色看起來也很好。

「……妮姬小姐說的沒錯。」

他朝著講堂中央，用細小的聲音對成員說。

「沒有人在伯特倫礦坑群死去。我因為受到加爾迦多帝國間諜的慫恿，參加了罷工，所以我很清楚。親衛隊只有殺死帝國間諜，工人們全都受到保護，而我之前則是都在接受偵訊。」

他以傾訴般的口吻說道。

「我們錯了。壞人是加爾迦多帝國，不是國王。」

不明白。

他應該是憎恨國王，矢志發起革命的政治運動家才對。

那樣的他，為什麼要像在巴結妮姬似的勸導同伴呢？

受到一直以來信賴的同伴勸導，「怎麼會……」約翰發出沙啞的低語，眼神無力且空虛。

「別開玩笑了。我爸爸他——」

「你自己不是說過嗎？你爸爸肯定暴力革命。政府不可能會認同那種危害人民的行為。」

吉伯特一副同情地把手搭在約翰肩上。

「我應該有把我們的象徵，那個髒兮兮的翅膀寄給你才對。」

「嗄？」

「我就不用那麼迂迴的方式表達，直截了當地說吧。這是一個骯髒的祕密結社。我在罷工前不久終於發現，原來錯的人是我們。」

「——！」

約翰的身體彷彿失了魂般搖搖晃晃，好像貧血似的。他拚命移動腳步，勉強用手撐著牆壁穩住身子。

愛爾娜只能眼睜睜看著「義勇騎士團」的代表內心受挫。

「必須想想辦法」的焦躁感愈來愈強，可是卻說不出任何一句話。

講堂內的其他幹部們也是一樣。所有人都沒能出聲，只是彼此竊竊私語地談論推測現在的狀況。

每個人的腦中都浮現一個念頭。想要否定，卻不由得掠過腦海的想法。

——錯的人真的不是我們嗎？

對受到那股焦躁情緒折磨的幹部們伸出援手的，是令人意想不到的人物。

「你們並沒有錯。」

照理說是敵人的妮姬，在臉上泛起充滿慈愛的微笑。

表情宛若原諒並包容一切的聖母。她像要強調自己豐滿的胸部一般將手放在上面，以悅耳動聽的音色開口。

「我反而覺得很感動。你們居然憑藉自己的力量查出爆炸事故的真相，真是太了不起了。」

她一副感動不已地環抱住自己。

「我認同你們擁有優秀的諜報技術。年輕人會對政府抱持反感、予以否定，追根究柢，不都是出於想要讓國家變好的純粹愛國心嗎？」

她用安慰的語氣說道。

「今後可以請你們發揮自己的本領，幫忙逮捕帝國的間諜嗎？」

誇大的動作。

妮姬揮動雙手、擺出迷人的姿態，讓講堂內所有人的目光都集中在她身上。

「『創世軍』非常希望得到你們『義勇騎士團』的協助！」

講堂內的幹部們眼中瞬間燃起了希望。

我們不會被抓嗎——隱約流露出這樣的訝異神色。

妮姬似乎很滿意那種反應，將掌心朝向眾人說：

「我反倒想低頭拜託你們呢。希望你們能夠在我手下工作。我不會過問你們過去的違法行為，從今以後就讓我們攜手合作，共同對抗外敵吧！」

講堂成了妮姬的個人舞台。

所有人都無法插嘴。也許是場所使然，每個人都像特地來聽她演講的旁聽生一樣，只能接受她說的每句話。

然而內容全是不值得一聽的蠢話。

（這個女人到底在說什麼……）

愛爾娜傻眼至極。

妮姬正企圖侵占整個組織。她打算將約翰等人辛苦成立、代代傳承下來的組織納入麾下，去揭發反叛分子。

（他們不會答應的。「義勇騎士團」有多麼仇視王政府——）

愛爾娜沒有忘記約翰在歡迎會上所說的話。他們溫暖地歡迎為了打倒王政府而努力的愛爾娜二人，並且在她們從煤礦坑回來時大力讚揚。

約翰想必會一口回絕這個提議。

一如愛爾娜的期待，終於恢復冷靜的他滿臉不屑地用鼻子哼笑。他大概識破妮姬的提議不是協助，而是支配吧。

「那種蠢話——」

如雷的掌聲響起。

約翰開口的瞬間，講堂中央的男性像要阻止他發言般開始鼓掌。好幾名幹部也拍手附和他。表示贊成的舉動。

他們一副感動不已地顫抖著嘴角，用崇拜的眼神看著妮姬。

「什麼？」

約翰的表情滿是驚愕。

「喂，『德克』。你到底為什麼——」

愛爾娜認得那名年輕男性。

他是愛爾娜二人從收容所救出來的男人。在大學宿舍再次見面時，他淚流滿面地握著愛爾娜和安妮特的手，表達感謝。

他應該是幹部之中最受約翰信賴，堪稱左右手一般的人物。

「妮姬小姐說的對。」

他帶著爽朗的表情不停鼓掌。

「其實我心裡一直有個疑問。我們的生活會這麼苦，難道不是因為帝國那些傢伙侵略我們的國土嗎……！」

和之前的主張完全不同。

難道他也是「創世軍」的情報員？莫非他在收容所就已經被妮姬拉攏了？

儘管腦中閃過這種可能性，卻沒有可以主張的根據。

（為什麼……？會這麼輕易就……）

可是，結社的高層幹部倒戈之後，又有好幾人像是被推了一把似的接連站起身，「應該順從妮姬小姐才對」、「克蘿伊小姐的證詞也很合理」地表明倒戈的意願。

——「義勇騎士團」正逐漸瓦解。

同志接連降服於「創世軍」。

在宛如惡夢的情景中，唯有妮姬笑著說：「這麼快就做出判斷，真了不起。」

「騙人的吧…………你們，怎麼會…………」

約翰一副不敢相信地左右搖頭。

「為什麼……你們到底在說什麼？我們對王政府……」

愛爾娜也有相同的心情。

他們應該長年以來都憎恨王政府，熱心投入活動才對。

這不像是故意順從，藉此潛入「創世軍」的手法。那種手段對「創世軍」行不通。這一點他們應該也很清楚。

如今已有將近三分之一的人，鼓掌贊成妮姬的提議。

改變心意的速度之快令愛爾娜愕然。

「——結果果然變成這樣了。」

身旁的安妮特語帶不屑地說。

她一臉覺得無趣地對他們投以輕蔑的眼神。

「安妮特？」

「他們沒有改變心意啦。這些傢伙憎恨的根本不是王政府，而是整個社會。他們只不過是將怒氣的矛頭轉個方向罷了。」

「就憑那種程度——」

「本小姐已經說過好幾次！這個國家的人不值得拯救！」

安妮特托著臉頰說。

「只要大家團結一致，就一定有辦法打倒政府。即使是警方和軍隊，基層的人也是平民，只要所有人通力合作就沒問題。有許多國家都是靠著這麼做完成革命。」

「…………！」

「說到底——這個國家的人民根本沒有發動革命的強烈決心。」

她看著講堂內滿臉奉承，為妮姬獻上掌聲的結社同志。

「因為他們已經被洗腦成所有痛苦都是加爾迦多帝國造成的了。」

「怎麼會——」愛爾娜雖然這麼說，卻無法徹底否定。

線索到處都有。

——在十區的運河旁，對加爾迦多帝國人明顯表現出歧視態度的年輕人。

——在伯特倫礦坑群將妮姬視為英雄的工人們。

——開心觀賞國王的慶典遊行的人們。

就連遭到王政府壓榨的國民，也多半順從王政府。
絲毫不考慮革命，讚揚國王和貴族，不時歧視加爾迦多帝國的人，並且討好監視自己的「創世軍」。
替肉鋪加油的家畜。用這句話來形容再適合不過。
「雖然其中可能也有靠自己解除洗腦的人，可是他們一旦像這樣被餵食虛假的真相、被同伴勸說、被『創世軍』威脅，就會再次輕易地受到洗腦。」
「為什麼……」
「就跟克勞斯大哥說的一樣——這個國家遭到疾病入侵。」
回想起事前被告知的情報，愛爾娜恍然大悟。
此時講堂內，還有人在抵抗妮姬的主張。那些人高喊著「我才不相信！」，勇敢地和妮姬敵對。有超過一半的幹部沒有被妮姬的甜言蜜語誘惑，站起來激勵那些困惑的同伴。
「反抗的人——」
妮姬開口。
「——會不會是加爾迦多帝國的間諜啊？」
瞬間籠罩講堂的是殺氣。
愛爾娜在伯特倫礦坑群感應到的，冷冰冰的威嚇氣勢。汗水好比身體機能失常一般噴發。

直到剛才都還擺出反抗態度的學生也頓時退縮。
——只要順從妮姬就能活下去。若是反抗便會立刻遭到逮捕。
當這兩個選項擺在面前，沒有人會選擇敵對。
再說，地下祕密結社的成員是完全沒有受過訓練的年輕人。
「放心吧，有我在。我會徹底保護這個國家不受惡魔般的帝國傷害。」
不久，她開始走動。
窗外傳來其他腳步聲。這個講堂大概已經被包圍了。妮姬似乎帶了許多部下前來。
「親愛的國民啊，請你們仔細聽我說。」
妮姬緩緩舉起手臂，如指揮家般優雅地揮手後停在空中。
她纖細的食指筆直地——指著愛爾娜的臉。

「經我調查的結果——那兩名少女似乎是加爾迦多帝國的人。」

愛爾娜暗叫一聲不妙，立刻轉身。
向妮姬倒戈的學生們像發了狂似的，「原來她們是帝國的間諜！」地大聲怒吼。「她們企圖洗腦我們！快把她們抓起來！」

雖然逃跑感覺就等於承認，但實在不太可能說服得了他們。

下一刻，講堂的窗戶破裂，無數名情報員闖入講堂。

被玻璃碎片嚇到的「義勇騎士團」的幹部接連遭到拘束。

愛爾娜往前一步，高高地跳向講堂中央，引爆藏在裙子底下的安妮特的特製煙霧彈。滾滾白煙逐漸覆蓋整個講堂。

「所有人快混入煙霧中各自逃離！地形對我方有利！」

如今她所能做的，就是盡可能多救出一名同志。

以及最重要的是逃離妮姬的魔掌。

再這樣下去，「義勇騎士團」將徹底瓦解。

「義勇騎士團」有事先告知他們準備的密道在哪裡。抵達大學南端的資料室後，只要推倒書架就會看到一條通往地下的通道。

愛爾娜突破煙霧，從情報員們打破的窗戶逃出室外。

然而當她來到講堂外的中庭時，卻有一個男人像是等候許久地高舉拳頭。

「可惡的叛徒啊啊啊啊！」

愛爾娜咬住嘴唇。

那不是「創世軍」的情報員。攻擊愛爾娜的是「義勇騎士團」的同伴。是在歡迎會上沒有向愛爾娜勸酒，而是拿果汁給她喝的男性。

他大概是料到愛爾娜會利用密道，於是先繞到這裡埋伏吧。

克勞斯從前的教誨再次掠過腦海。

『為什麼革命沒有實現？那是因為這個國家遭到嚴重的疾病入侵。』

『專屬於貴族，由貴族主導，只圖利貴族的政治——蔑視國民生活的極端社會為何會被容許，這個問題的答案很明顯。』

『——因為國民並不憎恨王政府。』

『即使有部分知識分子和政治運動家批判王政府，那也不會擴及至全國。』

『國民怨恨的不是國王，而是加爾迦多帝國。』

『他們被洗腦成要憎恨帝國，認為萬惡的根源是帝國這個惡魔。廣播、報紙、傳聞日復一日地告知人民帝國的野蠻行為，對他們進行洗腦。』

『因此革命不會發生。』

那便是在萊拉特王國蔓延的疾病。

無論受到什麼樣的欺凌，無論被迫身處於何種惡劣的環境，國民感到憤怒的對象依舊是加爾迦多帝國。

批判王政府的人是加爾迦多帝國的間諜——這種蠻橫言論大肆橫行。

——因為加爾迦多帝國曾經侵略萊拉特王國是不爭的事實。

愛爾娜嘟噥一句「抱歉」，對熟悉的同伴使出肘擊。

所幸除了愛爾娜外，還有約莫十人也順利逃出講堂。那些是沒有被妮姬拉攏的「義勇騎士團」的成員們。滿臉不甘的約翰也在其中。

但是就在他們一行人準備離開時，忽然有兩名同伴被打倒。

「——自稱『艾詠』。」

一名身穿西裝的矮小男性站在那裡。一眼望去，深紅色的粗大圍巾和刻在右側太陽穴上的骷髏刺青立刻鮮明地映入眼簾。從講堂追過來的他輕輕一躍、逼近愛爾娜等人，緊接著就使出飛踢重擊兩名學生的下顎。

他將圍巾轉到一邊，對愛爾娜微微吐舌。

「放心吧，這位小姐，我不會害妳的。」

他用以男性來說偏高的音調，挑釁地揚起嘴角。

那雙緊盯著愛爾娜觀察的眼睛散發寒意，讓人無法動彈。

約翰和四名同伴轉身。他們放棄前往資料室，打算走別條路。可是，愛爾娜已經從那條路感應到不幸的預兆。

「不是那邊！」

她連忙制止，卻為時已晚。

匆匆忙忙試圖穿越中庭的約翰等人，身體忽然彷彿失去重力般飄浮在半空中。他們的雙腿全都被鐵絲纏住。

「——我是『喀耳刻』。」

站在鐵絲旁邊的，是一名頭髮長得不可思議的女性。

她將延伸至腳下的頭髮層層纏繞在臉和身體上。由於連嘴巴也被頭髮遮住，說話聲顯得模糊不清。她的手中握著又細又長的針。

「請不要做無謂的抵抗。我也想獲得妮姬大人的寵愛。」

兩人似乎都是「妮姬」的部下。武鬥派的男人、使用陷阱的女人。

他們的實力水準，和愛爾娜二人之前打倒的「創世軍」情報員們不同。

兩人就夾擊位置，包圍愛爾娜。

正當愛爾娜設法找出打破困局的方法時，更加令人絕望的聲音傳來。

「『艾詠』和『喀耳刻』——真不錯！看來人才培育得相當順利呢。」

完全毋須回頭。

妮姬一邊拍手，一邊從講堂走過來。

「之前優秀部下接連遭『黑螳螂』殺害時我還一度感到焦慮，沒想到結果還不錯。你們是從海軍情報將校轉任的新進搭檔對吧？」

在她身後，塔納托斯也亦步亦趨地跟在後面。

「……這都是妮姬大人熱心教育的關係……呃，請問為什麼要掐我……？」

「沒有啦，我只是在想就只有你沒有長進。你說對吧，塔納托斯？」

「啊！……嗯…………」

「奇怪，你連在執行這種任務時也會興奮啊？必須懲罰變態才行。」

妮姬沒有做出任何預備動作，就這麼朝塔納托斯的臀部一踢。他整個人輕易便浮上空中，重重撞上中庭裡的銅像。

接著妮姬往倒在地上，發出妖嬈呻吟聲的塔納托斯臉上踐踏。

「我們隨時都在募集優秀的人才。」

她臉上泛起嗜虐的笑意。

「不如我也來洗腦妳們好了。」

全身冒出雞皮疙瘩。

愛爾娜不由自主地將視線往下移那瞬間，見到塔納托斯即使臉部遭妮姬踐踏，卻依舊歡喜得滿面笑容。他放蕩地流著口水，喘著氣不停扭腰。

「……啊啊……真好……」

塔納托斯以黏膩的語氣開口。

「…………真羨慕接下來即將被妮姬大人支配的妳們……」

鼓脹的胯下映入眼簾，愛爾娜強忍住想要尖叫的衝動。

沒能逃離。

包括愛爾娜和安妮特在內，「義勇騎士團」的成員們很快就被帶回到講堂。到頭來所有人都沒能離開講堂。

講堂內聚集了幾十名「義勇騎士團」的幹部們。

連在大學宿舍的據點裡的成員也被帶了過來。

「我不會對你們使用拘束具啦。」

妮姬的口吻一派輕鬆。

「因為我接下來要和你們建立友好關係呀。這是我的一番誠意。」

見到好幾名成員高興地點頭，愛爾娜頓時感到心寒。

她好想大喊「你們錯了」。比起妮姬對人心的掌控，拘束具根本算不了什麼。

妮姬踩著輕快的步伐，來到低著頭的愛爾娜面前。

表情依舊笑瞇瞇，眼底深處卻充滿輕蔑的她向愛爾娜搭話。

「我好像在礦坑群也見過妳。」

她似乎還記得。

看來愛爾娜雖然換了髮色，卻沒能騙過她的眼睛。

「是妳們把克蘿伊帶出來的嗎？妳們還揭發了罷工運動對吧？真了不起。」

「…………」

愛爾娜沒有回答。

她總覺得即使只是開口說一個字，內心的想法也會全部被看穿。

妮姬沒有表現出不悅的樣子，照樣用親暱的口氣對她說。

「上個月打倒尼盧法隊的人也是妳們——我可以這樣解讀嗎？」

「——————！」

儘管事情敗露只是時間早晚的問題，然而妮姬這麼快就推測出來，仍令愛爾娜不禁啞然。

愛爾娜本來希望至少可以維持「祕密結社一員」的立場，看來這只是一個虛幻不實的願望。

妮姬把手放在愛爾娜肩上，低聲地說：「我之後會讓妳老實招來。」

她的力氣大到讓人以為肩膀要被捏碎了。

雖然痛到表情扭曲，愛爾娜仍拚命瞪著她。

「全部都是陷阱嗎……？」

「嗯？」

「克蘿伊．佩爾謝是『創世軍』的情報員。負責回報混入煤礦工人中，前來調查罷工運動的人。」

愛爾娜決定改變預定計畫。既然自己的真實身分已受到懷疑，再保持緘默也沒有好處。

她想要盡可能從妮姬身上獲取情報。

「釣魚——是你們擅長的手法。」

正因為事前早已知情才更感懊惱。

一切都在她的掌控之中。

說起來，礦坑群本身就布滿了圈套。像約翰這樣擁有反政府思想的人，一定會察覺伯特倫礦坑群的爆炸事故遭到隱蔽，然後涉入調查。

妮姬打算藉此將政治運動家引誘出來。

「你們是為了引誘祕密結社前來才故意——」

「——好癢。」

突然間，妮姬用指甲抓了抓自己的手臂。

左手臂內側被她抓出一道血痕。絲緞般光滑的肌膚上就只有那個部分泛紅。

她自虐似的嘆了口氣。

「拜託不要給我添麻煩好嗎？人到了這個年紀，保養皮膚很辛苦的。」

「什麼？」

「是塵蟎過敏啦。雖然因為症狀輕微，算不上是機密情報。」

她將視線從愛爾娜身上移開，環視講堂。講堂內聚集著「義勇騎士團」的成員們。

她一副厭惡視野中所有一切地瞇起眼睛。

「——蟎蟲多到讓人除了又除、除了又除，還是清除不完。」

她再次用指甲抓了抓左手臂。

窺見她的本質了。

妮姬甚至不把愛爾娜等人同樣當成人類看待。

憎恨王政府的所有祕密結社成員都是害蟲。
無法理解那種想法。如果是愛爾娜也就罷了，可是約翰他們不是萊拉特王國的國民嗎？身為間諜，她為何有辦法如此瞧不起自己應該保護的對象？
「你們『創世軍』和國王親衛隊聯手，殺死了工人們……！」
只要見過那座殘留爆炸痕跡的煤礦坑，便會知道這無疑是事實。
「我瞧不起妳！妳根本沒有保護國家的使命感！妳只是為了守住自己的權力，殺死反抗自己的人而已！」
「妳的根據是什麼？」
妮姬一臉掃興，沒好氣地說。
「拜託妳不要擴大自己的妄想啦。」
「我親眼見過！」愛爾娜極力主張。「見過那座煤礦坑的慘狀——」
「我說了，那一切都是加爾迦多帝國搞的鬼。」
出言否定的是站在背後的克蘿伊。
她像是對愛爾娜感到同情地眉頭緊蹙，左右搖頭。
「我在那座煤礦坑工作了三年，所以這件事由我來說絕對不會有錯。那座煤礦坑裡，有無數間諜在煽動工人們。國王親衛隊是為了鎮壓武裝工人，才會不得已使用火器。」

「我也可以保證。」

接著吉伯特也出聲。

他一副死心地左右搖頭，面露冷笑。

「曾經是『義勇騎士團』一員的我也持相同意見。那些加入罷工的工人全部都被帝國間諜給騙了。不過妳放心，沒有任何一名工人死去啦。」

愛爾娜的話全數遭到反駁。

她望向講堂內的幹部們尋求支援，卻沒有人開口幫她說話。所有人都低頭看著地板，活動時生氣勃勃的勇猛眼神已不復存在。

——終究是只有意識高昂的左翼學生團體。

雙腿頓感無力。

我究竟在期待這些人什麼？

即使支援這種祕密結社，革命依舊宛如夢中之夢。應該要放棄一切，回去共和國才對。居然想在這個國家拯救飢餓的國民，這種想法簡直大錯特錯。

「啊哈哈！」

某人笑了。大概是「創世軍」的成員之一吧。

嘲笑拚命表達主張的愛爾娜的聲音。

「哈哈哈哈！」「啊哈哈哈啊哈！」

「艾詠」和「喀耳刻」也捧腹大笑。

「哈哈哈哈！」「哈哈哈！」「呀哈哈！」「啊哈哈哈！」「哇哈哈！」

「塔納托斯」、克蘿伊、吉伯特，還有「創世軍」成員們的嘲笑聲充斥講堂。

那一道又一道的笑聲，讓好比肉體遭到剜挖的痛楚竄流全身。自以為是的幼稚令她無地自容，羞恥難耐。

就憑從前在培育學校吊車尾的自己，不可能贏得了。

正當愛爾娜感到心灰意冷時，一股暖意從手中傳來。

安妮特握住了她顫抖的手。

「沒事的，愛爾娜。」

「安妮特……………」

她不知何時已來到愛爾娜身旁。

那副天真無邪的笑容，從來不曾讓人感到如此可靠。

「本小姐早就料到八成會發生這種事，於是事先想好了對策！」

原本還覺得她好安分，看來她早已備好絕招。

她從一開始就不信任「義勇騎士團」，老早就預料到了一切。

「真不愧是安妮——」

「代號『忘我』——組裝的時間到了！」

才見她手一揮，背後隨即傳來爆炸聲響。

尖叫聲在講堂內迴盪。

察覺氣氛有異，愛爾娜一回頭，就見到一名男性倒了下來。大量鮮血從他的腹部噴出，顯然受了致命傷。他是頭一個背叛同伴、企圖毆打愛爾娜等人的「義勇騎士團」的前成員「德克」。

傷患不止他一人。在他周圍的好幾名「創世軍」成員也都受了傷，肩膀或腳鮮血直流。

那似乎是小型炸彈所造成的。

一旦引爆，就會對周圍所有人造成傷害的威力。

「喔～」妮姬語帶佩服地說。「炸傷自己人啊。」

愛爾娜立刻就想通安妮特究竟做了什麼。

她能夠事先安裝炸彈的時間點只有一個。

「………妳把裝有炸彈的通訊器發給同伴嗎？」

「這裡所有幹部都是本小姐的炸彈！」

安妮特一副理所當然地表示肯定。

她剛加入「義勇騎士團」時，幫忙改良了幹部們的通訊器。

她似乎在通訊器裡面安裝火藥，將其變成能夠透過安妮特手裡的遙控器，無差別攻擊持有人和周邊其他人的炸彈。

在場的「義勇騎士團」的五十名幹部都持有特製通訊器。

成員們同時發出哀號。炸彈一旦啟動，持有人便有可能喪命。只要看看痛苦掙扎的「德克」，便能得知她沒有在開玩笑。

「假使有人企圖丟掉通訊器——」

安妮特率先提出警告。

「——本小姐就會從那傢伙的通訊器開始引爆。」

她帶著愉悅的笑容，舉起手裡的遙控器。

安妮特的宣言令講堂內所有人驚恐不已。

「義勇騎士團」的幹部們得知自己口袋裡的東西有多可怕後全都慌張失措，包圍他們的「創世軍」情報員們則是退到講堂的牆邊。

「你們要是不放本小姐二人走，我就引爆所有炸彈。」

她的話讓講堂的氣氛再次驟然改變。

在安妮特面前沒有所謂敵我之分，就只有自己和自己以外的存在。無論是「義勇騎士團」還是「創世軍」，她打算將所有人都殺死。

這無疑是可以突破困局的對策，但是——

（這種行為……是錯的…………）

愛爾娜深感絕望。

身旁的少女是無法理解的怪物。

不可能控制得了她。她在招待自己二人的歡迎會上，想出炸死同伴的計畫。

「妳還真是瘋狂啊。」

妮姬滿臉佩服地笑道。

「真傷腦筋。要是妳啟動所有炸彈，到時姑且不說我，我的許多部下恐怕都會沒命。但若是我命令部下離開這個講堂，又會讓妳們兩人逃掉。」

「現在的本小姐，是無與倫比的本小姐。」

安妮特得意洋洋地舉起遙控器。

「——本小姐已經不怕變得愈來愈壞了！」

不加掩飾的本性。

現在的愛爾娜完全不知該如何面對那樣的她。

唯獨妮姬一副喜聞樂見地將頭髮往上一撥，舔了舔自己的嘴唇。

「不錯耶，敵人就該有這樣的骨氣才對。」

「就算被妳稱讚，本小姐也不覺得開心。」

「只不過，很可惜妳忽略了一點。那是自以為是世界中心的人常犯的錯誤。」

「嗯？」

「也就是缺乏對他人的觀察。」

妮姬呢喃似的說。

「在這個國家裡，只要我能活著，其他就都無所謂。」

她的眼神傳達出一件事——部下的性命、國民的性命毫無價值。

這種想法分明異常至極，她的部下卻不以為意，還擺出一副這才是常識的模樣，靜靜地繼續保持警戒。

「就知道妳會這麼說！」安妮特微笑著回答。

「本小姐還有其他用來將妳摧毀殆盡的絕招喔。」

「既然如此，那就拿出來看看吧。『創世軍』的頂尖情報員擁有省略審判，直接處決的權力。我可以充分地回應妳喔。」

「如果是這樣，那本小姐也有本小姐自己的法律！」

「我們兩個感覺很合耶。妳下次要不要跟我一起去天體海灘？」

「本小姐才不想看大嬸的裸體！」

「我的自尊心破碎了。我要哭了啦。」

面對殺氣逐漸增強的妮姬，安妮特毫不畏懼地露齒而笑。

然而愛爾娜的直覺告訴她，憑安妮特是贏不了的。

即使是她，也不可能勝過這個強得出奇的女人。

「好了，既然我們已經和睦地增進彼此的感情了——」

妮姬朝部下「塔納托斯」伸手，索取武器。

「——接下來我就遵循法律執行刑罰。」

愛爾娜用力握住安妮特的手。

假使真的將要命喪於此，愛爾娜想要至少陪在她身邊。和「燈火」成立之初，率先主動擁抱孤立的自己的這名摯友相伴。

可是愈是握住她的手，想要活下去的衝動就愈是湧上心頭。
「救命……」
聲音自喉嚨深處發出。
「……救命……老師……」
第一個浮現腦海的，是能夠顛覆現狀的心靈寄託。
可是他不會來。他們已經約定好，這次的任務要由少女們自己完成。
接著出現的是非常重要的人物。
宛如親姊姊一般支撐著安妮特和愛爾娜的人。總是帶著充滿慈愛的笑容，摸摸愛爾娜的頭、安撫她的存在。
「救命……莎拉姊姊……」
這時，羽毛輕飄飄地從天而降進入視野。
那是一根又大又帥氣的深褐色羽毛。
妮姬將視線從正前方的愛爾娜二人身上移開。
愛爾娜轉頭循著她的視線望去。

一名少女面帶微笑，站在破裂的窗框上。原本在講堂天花板展翅飛翔的巨大老鷹，緩緩停在她的肩膀上。

「——好久不見了，愛爾娜前輩、安妮特前輩。」

她的身高抽高到讓人幾乎認不得她。從前堪稱她個人標記的帽子已不復見，露出略顯圓潤的臉部線條。大概是承襲自師父吧，不對稱的髮型十分有型，從前讓人感覺好像小動物的眼睛，如今也蘊藏著和年齡相符的堅韌意志。

——「草原」莎拉在講堂的窗戶上面露笑容。

相隔一年多終於再度重逢，淚水自然而然地劃過愛爾娜的臉頰。

間章　草原Ⅲ

the room is a specialized institution of mission impossible
last code takamagahara

每天晚上，莎拉都會來到動物籠舍。

由於早上就已經完成打掃工作，因此這時要做的事情就只有補充飲水和飼料。不過其實她會每天都來這裡報到，單純只是想和寵物們接觸而已。

比誰都勇敢，甚至被賦予「炯眼」這個代號的老鷹，巴納德。

雖然胖嘟嘟的，努力時仍會拚命振翅飛翔的野鴿，艾登。

最近終於長大到塞不進莎拉帽子裡的黑色小狗，強尼。

由於頻繁增減，讓莎拉以外的少女們完全記不住的老鼠們。

莎拉一進到動物籠舍，牠們便撒嬌地靠過來。

一面為寵物對自己的愛慕心存感激，莎拉冷靜地重新審視自己。

——假設一般人所具備的間諜才能平均為10。

——莎拉的才能應該有50左右。

當然，這是樂觀的估計值。

縱使她無法相信自己，莫妮卡和克勞斯卻值得信賴。她不想懷疑受到他們認同的自己，因此她肯定是堪稱天才的那種人。

——只不過，海蒂、克勞斯和莫妮卡的才能超過10000。

讓人不得不承認的懸殊落差。

「那些稱讚小妹的人——」

她在動物籠舍裡自言自語。

「——一定也不認為小妹的實力能夠超越老大……」

即使無可奈何地接受事實，不甘與空虛卻同時襲來。

究竟該怎麼做才能保護「燈火」的同伴？不是總有一天，而是現在就能做的事。

就在她邊想邊長嘆一聲時，突然有東西撞擊她的腹部。

「…………巴納德先生？」

是她的最佳搭檔老鷹。

巴納德在莎拉腹部附近的位置，拍動翅膀不停躁動。牠一再用翅膀摩擦莎拉的身體，做出蹦蹦跳跳的奇特舉動。

接著，鴿子、小狗、老鼠們也開始用力撞她。

「好癢喔～強尼先生、艾登先生、凱文先生、柯林先生、拜登先生，你們是怎麼了啊？」

鴿子停在莎拉的帽子上，小狗貼在莎拉的腹部上猛搖尾巴，老鼠們則成群在她腳邊跑來跑去。

牠們今天的撒嬌舉動前所未有地激烈。

正當莎拉癢到忍不住發笑時，她忽然注意到牠們正將自己推往同一個方向。

寵物們通力合作，拚命引導莎拉前往出入口。

「……你們想帶小妹去某個地方是嗎？」

牠們的奇特行為令莎拉一頭霧水。

◇◇◇

無數動物和一名少女在月夜裡列隊行進。

看在旁人眼裡大概會覺得這幅景象宛若童話，不過幸好一路上並未遇見其他人。

振翅飛在最前頭的老鷹巴納德似乎在確認路線。黑色小狗強尼抽動鼻子，警戒四周。老鼠們成群聚集在莎拉周圍，催促她加快腳步。至於野鴿艾登則是待在莎拉頭上，動也不動。

心想這和由自己引導寵物的平時相反，對此感到怪異的莎拉繼續前行。
莎拉一行從鄰近港都中心的據點，往山的方向走去。若是繼續往前走，就會抵達名為埃邁湖的觀光勝地，不過那段路程實在太遠了。
寵物們將莎拉帶往建物稀少的方向。
來到某個地方後，巴納德降落在地面上。
——雜草叢生的空地。
這裡從前可能是一片田地，後來因為無人耕種於是就荒廢了。這一帶就只有那個廣大的空間裡沒有建物，漫無秩序地長滿雜草。
「……………………草原。」
當然，那片空地的面積並沒有大到足以稱之為草原。
但是莎拉自然而然就領會到寵物們想讓她看什麼。
是只有莎拉知道，類似本能的直覺告訴她的。巴納德一定是帶著同伴，想要讓莎拉看見這幅景象。
莎拉身為間諜的開端。「草原」這個代號的由來。

是發掘莎拉、建議她成為間諜的男人告訴她的。

那名長相俊美的金髮男子突然來到老家毀損的餐廳，輕快地彈響手指說：「要是妳肯來，就由我來替妳決定代號吧。」

「什麼？」

「比起讓培育學校的教官幫妳取名，由我來取應該比較好。」

莎拉明明還沒有決定要去培育學校，男子就自顧自地說下去。

他交抱雙臂、沉思一會兒後，臉上露出諷刺的笑容。

「——『燎原之火』。」

「什麼？」

「……不行，太長了。野地，原野，唔嗯～還是草原好了，這個感覺很容易就會燒起來。」

莎拉曾經聽過那個詞。

【燎原之火】——在野地上燃燒，勢不可擋的烈火。

莎拉不知道這名自稱獵才者的男子為何喜歡與火相關的詞。大概是有他自己的堅持吧，男子一臉滿意地不住點頭。

莎拉並不曉得燎原之火這個詞所代表的意思。

「要讓火勢熊熊燃燒必須要有草原。」

「你到底在說什麼……」

「因為光只有火焰是沒辦法延燒的。應該要有能夠讓生物躲藏、生長，並且時而和火焰一同燃燒的存在。」

他喃喃地說。

「即使那是一群無名雜草也無妨。」

自稱獵才者的男子只留下一句「總有一天妳會懂啦」，隨即轉身離去。

從那之後，莎拉便再也沒見過他，至今依舊不知道他的真實身分。

莎拉將思緒拉回眼前的空地。

她蹲下來，觸碰強尼正在咬著玩的一根小草。

經常被用來比喻凡人的「雜草」。儘管雜草無疑也是從嚴苛的生存競爭中存活下來的菁英，但是看在人類眼裡卻是連名字也沒有的草。

當獵才者的話掠過腦海時，莎拉不由得將其和自己重疊。

（培育學校的吊車尾學生……小妹過去接受自己是凡人的事實，安分守己從不出鋒頭……）

曾經遭人斥責「給我認清自己的斤兩」，差點就要退學的培育學校時代。

莎拉有好幾次都在海邊啜泣，詛咒自己的命運。

（但是，有一群人發現並引導那樣的小妹。）

克勞斯認同莎拉的可能性，招募她加入「燈火」。

「燈火」的成員們也沒有拋棄莎拉，將她視為地位對等的同伴。

（……幸好一開始是那樣。）

克勞斯究竟有多疼愛自己呢？

世上沒有人比小妹更幸運，擁有這麼多好同伴了——莎拉可以抬頭挺胸這麼篤定地說。

（因為小妹是個不成熟到甚至無法站上起跑線的人。要是沒有不斷受人吹捧、讚美，小妹根本連第一步都踏不出去。）

但是，如今她終於踏出了第一步。

她非常清楚自己有多幸運。不僅體認到自己擁有出色的才能，甚至有了即使擁有才能也無法觸及的理想。

所以小妹要——

就在她望見一條道路時，突然一道開朗的說話聲從後方傳來。

「莎拉大姊，妳在這裡做什麼啊？」

一回頭，就見到安妮特面帶笑容拿著牛奶瓶。

她似乎剛洗完澡。可能沒有確實擦乾吧，她的頭髮看起來還有些濕濕的。她好像是穿著睡衣，一路走到這裡來。

「安妮特前輩……」

莫非她等不及擦乾頭髮，就急忙跑出來追小妹了？

安妮特咯咯發笑，「因為最近莎拉大姊都不理本小姐，所以本小姐就在妳身上裝了發訊器！」她滿不在乎地這麼說。

莎拉不禁苦笑，結果她忽然輕輕地將體重壓在莎拉身上。

殘留洗髮精香氣的頭髮被按壓在莎拉的右上臂上。

「本小姐會變得更壞喔？飼主不好好調教的話會讓人很傷腦筋！」

「小妹還是第一次聽說自己是安妮特前輩的飼主。」

「如果莎拉大姊願意接納變壞的本小姐——」

她小聲地說。

「莎拉大姊應該也可以變壞一點吧？」

安妮特的這句話令莎拉大為震驚。

建議——應該這麼說嗎？她沒想到安妮特會給自己這樣的建議。

儘管出乎意料，然而她並不感到排斥。安妮特的話令莎拉堅定自己的想法。

「好巧喔。」她撫摸安妮特的頭。「小妹也正在想同一件事。」

安妮特意想不到的報恩。

她是一個範本。這名少女的生存方式和莎拉截然不同。自由奔放的她從不怕對他人造成困擾，總是隨心所欲地過日子。

安妮特開心地用手掩嘴，發出嘻嘻的笑聲。

「可以儘管不去理會！無論是克勞斯大哥，還是莫妮卡大姊！因為太過天才的人，終究無法和莎拉大姊互相理解。」

莎拉的煩惱似乎也被看穿了。莎拉本來就不擅長對同伴隱瞞事情，所以她並不驚訝。

邪惡——那是莎拉所欠缺的素養。

而在邪惡這方面，沒有比安妮特更優秀的師父了。

「本小姐要給大姊力量，支援即將變壞的大姊。」

安妮特將空牛奶瓶塞進口袋，另外拿了別的東西出來。

看起來像是好幾個項圈。

「祕密武器（Last Code）」——安妮特為每一位同伴製作的特製間諜道具。

莎拉緊抿嘴唇，從她手中接過項圈。

「小妹要打造出老大和莫妮卡前輩無法想像的，最棒的自己。」

人在得到目標之後，常會因路途遙遠而氣餒。不時遇上阻礙，痛苦掙扎。

莎拉在獲得身為間諜的理想後遇到了困難。

可是，那也是她成為全新自己的機會。

見到莎拉突然現身講堂，妮姬不悅地蹙起眉頭，嘟噥一聲「礙事的傢伙闖進來了」。接著她大大地嘆氣，露出冷漠的凶狠眼神。

其他人似乎完全無法理解。「創世軍」的情報員們舉起手槍、警戒闖入者，「義勇騎士團」的成員們見到他們不尋常的反應全都困惑不已，張著嘴巴神情驚恐。

妮姬將頭髮往上一撥，問道：「妳是誰啊？」

她中斷接收武器的動作，看著莎拉。

「我現在心情正好耶？因為難得可以見到人肉炸彈血肉橫飛的慘劇。」

一副好比對在臉旁邊飛來飛去的小蟲子感到厭煩的態度，毫不畏懼。

愛爾娜心中湧現的感動瞬間消退。

（莎拉姊姊…………）

莎拉特地趕來一事固然令人開心，但對手可是諜報機關「創世軍」的頭子。

這不是她一人能夠應付的狀況。更何況，這裡還有好幾名妮姬精挑細選的「創世軍」情報員。

莎拉依舊站在窗框上，用一雙大眼定睛注視妮姬等人。

被詢問身分的她清楚明白地回答。

「小妹是妳現在最急於尋找的人物。」

不明白這句話的意思。

不只是愛爾娜，在場的「義勇騎士團」也顯得更加困惑，「創世軍」的情報員們則是在一旁冷靜觀察。

沉默好一會兒之後，莎拉露出挑釁的笑容。

「小妹說的沒錯吧，妮姬小姐？」

「我不懂妳在說什麼。」

妮姬也歪著頭，一副完全無法理解的態度。

莎拉像是早料到她會有那種反應地泛起微笑。

「妳也一樣讓人乍看覺得莫名其妙喔。」

「嗯？」

「『義勇騎士團』是個微不足道的集團。他們雖然一再做出違法行為，持續從事反政府活動，卻不足以對國家造成威脅。」

她的聲音逐漸滲透整個講堂。

就在徹底吸引聽眾目光的瞬間，她說道。

「『創世軍』的頭子——支配萊拉特王國的妳沒道理要親自出馬。」

經她這麼一說，愛爾娜總算想到了。

由於妮姬的出現實在太令人震驚，以致愛爾娜完全沒有餘裕思考這件事。妮姬曾經親口提到，有許多間諜潛伏在萊拉特王國裡。從前她的部下「摩墨斯」也曾隱約透露，他們正為了瓦解無數祕密結社忙得焦頭爛額。

這種以學生為主的祕密結社只要交給部下處理就好。如果只是要逮捕他們，根本不需要她親自出馬。倘若她想直接和他們見面，只要把他們抓起來然後帶到自己面前就可以。

可是，妮姬卻特地來到大學的講堂。

為什麼？為何她要如此警戒「義勇騎士團」？

「喂喂喂，妳在說什麼啊？」

妮姬一副大失所望地聳了聳肩膀。
「這不就證明我對他們的評價很高嗎？」
「明明他們是這麼輕易就瓦解的無能集團？」
莎拉不以為然地付之一笑。那是一年前的她不曾表現出來的冷淡表情。「義勇騎士團」的成員們尷尬地咬住嘴唇。
莎拉沒有看向那樣的他們，繼續和妮姬對峙。
「妳有其他目的——這才是合理的推測。」
「我沒時間聽可疑人物在那邊胡言亂語。」
妮姬不耐煩地揮揮手。
下個瞬間，講堂內其中一名「創世軍」衝了出去。那名男子輕快地跳上桌子，朝身在講堂窗框的莎拉直奔而去。
他的動作十分敏捷，想必是一名訓練有素的間諜。
想像莎拉遭人刺殺的畫面，愛爾娜幾乎忍不住發出悲鳴。
「你以為小妹只有一個人嗎？」
莎拉不為所動。
莎拉像在嘲笑朝自己逼近的男性般拋下這句話，接著一邊說：「代號『草原』——四處奔跑的時間到了。」一邊拔出刀子。

在莎拉準備攻擊的同時，有一道行動敏捷的影子從別扇窗戶闖了進來。

遭到夾擊的男子迅速採取應對措施。他舉起刀子防備前方的莎拉，同時開槍打算射穿後方的敵人，可是擊發的子彈並未命中。

從窗戶闖進來支援莎拉的是——一隻白色的貓。

「做得好，奧蕾莉亞小姐。」

閃過子彈的白貓朝男子的臉伸爪。

夾擊——在貓發動攻擊的同時，莎拉用刀柄毆打他的側頭部。

那是經過縝密計算的技法。讓對手誤以為有人來了，然後利用動物展開奇襲。「調教」×「擬人」——這是她所擅長的騙術。

莎拉獲得了壓倒性勝利。敵人趴倒在桌上後，她旋即將槍口塞進男子口中。

「……太大意了，笨蛋。」

妮姬神情遺憾地瞇起雙眼。

愛爾娜不由得懷疑起自己的眼睛。

（她真的是莎拉姊姊嗎……？）

眼前的她，和愛爾娜記憶中那個膽小怯懦的少女完全不同。她不僅大膽地和妮姬嗆聲，還以出其不備的手段制伏一流間諜。

「還有人要上嗎？」

莎拉用手指勾住扳機，出言施壓。名叫奧蕾莉亞的貓咪則是爬到男子頭上，優雅地擺出威嚇姿態。

莎拉成功將敵人挾為人質。

「妳不惜捨棄一名受過訓練的情報員，也要否定自己的話嗎？」

「…………………………」

妮姬沉默不語。她渾身散發出倦怠感，一副感到無趣地表情僵硬。

莎拉製造出來的狀況令愛爾娜不禁讚嘆。

——妮姬不得不和莎拉對話。

即使她再怎麼輕視部下的性命，培育一人的成本應該也不低。假使真有必要她大概會輕易拋棄部下，但是對手並未提出對話以外的要求。

如果妮姬現在拒絕對話，會讓莎拉的話帶有真實性。

縱使妮姬親自攻擊莎拉，莎拉也能在那幾秒內對講堂裡的人說明一切。她的言行隱約暗示著那是「妮姬」的弱點。

「小妹再說一次。」

莎拉像要刺激沉默的妮姬一般笑道。

「小妹的真實身分——是妳現在最急於尋找的人物。」

「真傷腦筋耶，妳這個瘋女人好像誤會什麼了。」

妮姬深深地嘆息。

「算了，我就和妳談一談吧，說不定我可以糾正妳的錯誤。」

她似乎決定和莎拉展開對話。與其讓莎拉散播錯誤的真相，她打算透過直接爭論加以否定。

儘管順從莎拉的誘導，妮姬依舊泰然自若。一邊說「能夠和我交談可是很光榮的事情喔」，一邊無意義地毆打塔納托斯的臉。

「本來被我打也是一種獎勵。還是說妳比較喜歡言語攻擊？」

「小妹也比較喜歡調教他人。」

莎拉取出電擊棒，電暈身為人質的男子，然後用右手的大拇指和食指圍成一圈，放入口中。

「祕密武器『高天原』——飛翔世界。」

高亢的口哨聲響徹講堂，接著突然就有無數動物聚集到莎拉身邊。

剛才在講堂天花板飛舞的勇敢老鷹、圓滾滾的胖野鴿、體型已經大到不算是幼犬的黑狗、成群湧來的老鼠們，以及兩眼發亮地看著那些老鼠的白色貓咪。

面對這名操控無數生物的少女，「創世軍」的情報員們不禁屏息。

妮姬則是冷靜地只嘀咕一句「是那個項圈嗎？」。

——莎拉率領的所有動物身上，都有安裝小小的黑色機械。

那是愛爾娜也曾見過的東西。

「這是竊聽器啦。」

莎拉滿臉自豪地撫摸停在旁邊桌上的老鷹脖子。

「只要利用這些孩子，無論是超高層大樓，還是地下空間，小妹都能在超大範圍內收集情報。勸妳最好別只把小妹當成是普通的可疑人物。」

安妮特為同伴製作的特製間諜道具，「祕密武器」。

這些大量裝有機械的項圈，便是她給莎拉的道具。

妮姬不可置信地左右搖頭。

「不可能，世上沒有大小能夠讓動物運載的無線電機。再說電池要怎麼辦？」

「古拉尼耶海軍中將的祕密研究所——妳應該也知道吧？」

「妳在說什麼啊？」

「當妳裝傻時就表示妳承認了。這是那裡開發出來的發明品。」

從前「燈火」曾於度假期間，在馬紐斯島上親眼目擊。

夢想在萊拉特王國發動政變，暗地反覆進行實驗的研究所。

那場政變已遭妮姬摧毀，古拉尼耶中將雖然最後被送上斷頭台處死，但是安妮特已將研究所內集結最先進科學技術的眾多發明品全數記在腦中。

莎拉接下去說。

「妳應該也有見過這個竊聽器才對，因為好像有幾個掉落在伯特倫礦坑群的罷工現場。」

大概是動物身上的項圈因故鬆脫了吧。

愛爾娜確定了一個事實。

（那個果然是莎拉姊姊的機械呢。）

在前第七採掘坑的天花板附近找到的機械。

「創世軍」可能沒有注意到吧。不過因為那是被設計成只對安妮特所有的無線電機產生反應的機械，所以沒發現也很正常。

——莎拉也曾造訪伯特倫礦坑群。

她負責的工作是籠絡國王親衛隊。大概是作為追蹤他們動向的一環，莎拉也和愛爾娜一樣來到了這座煤礦坑。

（可是——）

看著莎拉得意展示的項圈，愛爾娜的心頓時烏雲密布。

——「高天原」不是那麼萬能的機械。

一如妮姬所言，憑現今的科學水準，無法製造出高性能、待機時間長、超小型、長距離的無線電機。「高天原」的真面目，其實是動物可以運載的超小型錄音機，並且具備發出訊號以顯示自身所在位置的功能。

莎拉能夠在最佳時機點趕到這裡，恐怕是安妮特將情報輸入更換過電池的「高天原」中，然後還給莎拉吧。

——莎拉只是在虛張聲勢。

察覺她的真正用意，愛爾娜不禁渾身戰慄。

（就像妮姬以謊言支配「義勇騎士團」一樣，莎拉姊姊也利用謊言與之對抗。）

提供對方虛假的證詞，煽動對加爾迦多帝國的憎恨，另一方面又給予他們好評，企圖吸收祕密結社的妮姬。

莎拉準備憑藉虛張聲勢和謊言來打贏她嗎？

這是多麼艱難的一條路，愛爾娜心頭一揪。

莎拉必須編織出比妮姬準備的謊言更吸引人的故事才行。

「——為何『創世軍』的頭子要特地親自來到這個講堂？」

莎拉的聲音響亮地傳遍講堂。

「小妹就從結論開始說吧。發生在伯特倫礦坑群的罷工背後隱藏著其他真相，而『創世軍』拚命想要隱瞞那一點。他們逮捕發現爆炸的記者，逼迫縣知事否認報導，又為了讓察覺隱蔽一事的人相信虛假的真相，於是派情報員混入工人之中。最後再由妮姬親自出馬威脅兼洗腦。你們也做得太徹底了。」

莎拉嘲笑道。

妮姬發出冷笑。

「妳還真有自信啊。政府為了讓國民安心生活，隱瞞加爾迦多帝國的惡意行為有什麼好奇怪的？」

接著她望向被捕的「義勇騎士團」們。

「如果只看結果，我不但找到擁有優秀成員的祕密結社，還讓潛藏在背後的加爾迦多帝國間諜現形，這樣不是很好嗎？」

聽了妮姬的話，部分學生高興得紅了臉。

看來，君臨這個國家頂點的女性的謊言果然十分動聽。

「那並不是加爾迦多帝國間諜搞的鬼。」

莎拉斷然否定她的話。

「你們所有人都沒有拿出根據，就只有派安排好的人出來嚷嚷『那是加爾迦多帝國間諜搞的鬼』而已。」

「喂喂喂，妳可別忘了有重要的證人啊。」

妮姬提高音量。

「原來如此，妳不相信我的說詞是嗎？既然妳主張克蘿伊是情報員，那就隨便妳怎麼說吧。不過，吉伯特的證詞妳要怎麼解釋？」

她拍拍尷尬地站在旁邊的吉伯特的肩膀。

「身為『義勇騎士團』幹部的他不也說了同樣的話？」

「妳八成是把他的家人當成人質，威脅他吧。成員曾經說過他非常重視家人。」

「哈！只要內容不合妳意就全部都是謊言嗎？妳說這話有什麼根據？」

「──他曾經把髒兮兮的翅膀浮雕寄給同伴。」

妮姬眨了眨眼睛。

沒一會兒，大概是想起先前的對話了吧，「喔，妳說那個啊」她這才說道。

「他自己不是解釋過了嗎？說他的用意是想表達『我們錯了』。那是這個祕密結社的象徵對吧？居然把它弄髒再歸還，這份道別的決心真是令人動容啊。」

「如果是那樣，用這種難以理解的方式傳達根本沒有意義。」

「那是他的問題啊。他可能是想迴避工業區的審查吧。」

「再說，那個髒兮兮的翅膀是在爆炸事故發生前寄到的。換言之，他是在參加罷工、被你們逮捕之前寄出。那則訊息太不自然了。」

莎拉繼續堅持己見，毫不退讓。

「『義勇騎士團』的代表約翰先生，有引用這個國家的諺語的習慣——『一隻燕子未必能夠喚來春天』也是其中之一。」

莎拉用手指夾住「高天原」。

對話似乎被安妮特更換過電池的無線電機錄了下來。

「那個又黑又髒的浮雕其實是在暗喻燕子的翅膀。」

妮姬的表情第一次有了變化。

雖然她只有看似訝異地微微動一下眉毛，實在稱不上是心生動搖，但這卻是她第一次對莎拉的話做出不悅以外的反應。妮姬並不知情。她大概是來到這個講堂後，才得知吉伯特事前曾寄出象徵一事吧。

「他在參加罷工前，擔心自己有可能會被『創世軍』拘捕，被迫說出對他們有利的證詞。」

莎拉直截了當地說

「不要只憑我一人的證詞下判斷——這才是他事前想要傳達的訊息。」

「義勇騎士團」的成員們之中傳出低呼聲。

在場所有人的視線都集中在吉伯特身上。妮姬也對他投以嚴厲的目光，想要確認他的真實意圖。

吉伯特膽怯地低下頭，「啊，我……」這麼支支吾吾。

「你什麼都不必說。」

莎拉搶先開口。

「因為你受到了威脅。你的行動無疑拯救了組織。」

吉伯特難為情地撇開視線。

這是很好的誘導手段。在現在這個狀況下，吉伯特看起來完全就是一個因為害怕妮姬而袒護「創世軍」的可憐人。他愈是袒護他們，感覺就愈像是受到妮姬脅迫。

「妳始終堅稱證人不可信是嗎？」

妮姬交抱雙臂，托起自己豐滿的胸部。

「這樣啊。所以妳才會主張在罷工運動背後搞鬼的不是帝國間諜？」

「一點都沒錯。」

「原來如此。只不過，即使如此還是有一個疑點。軍人和工人曾在那場罷工中爆發衝突的確是事實。普通工人是要怎麼收集到需要動員軍人的火器？」

愛爾娜曾實際潛入，親眼目擊。

遺留在前第七採掘坑中的淒慘爆炸痕跡、槍擊痕跡，以及坍方事故的痕跡。

天空曾一度被光線照亮，傳出連周邊居民都聽得見的轟隆聲響。即使是冷酷的國王親衛隊，應該也不會對手無寸鐵的工人使用那種火器。就算不使用，光憑步槍也有辦法將其壓制。

「所有被帶入那座工業區的物品都會受到審查。」

「就是啊，小妹也是費了一番工夫才潛入。」

「縱使不是加爾迦多帝國的間諜，也必須有具備某種技術手段的人才辦得到。這麼一來，推測對方是會對這個國家造成威脅的人物應該很合理吧？」

「還有別人。」

「那是誰？」

「——地下祕密結社。存在於這個國家的無數平民情報員。」

莎拉以格外響亮的音量說道。

「是不同於『義勇騎士團』的祕密結社煽動了那場罷工。」

她繼續大聲高呼。

「——在這個國家裡，如今仍存在著堅持以發動革命為目標的結社。」

愛爾娜咬住嘴唇，望向「義勇騎士團」的同伴們。

一名趕來救援他們的少女賭上自己的性命，正在和王國的諜報機關頭子唇槍舌戰，並且提出其他真相要他們不要退縮。

希望他們能稍微感受到這份熱情和決心。

希望他們能察覺，這名少女正試圖點燃他們心中即將熄滅的火焰。

「————！」

愛爾娜用力咬唇。

他們——就只是茫然不知所措。

明明莎拉都粉碎證詞了，他們卻依舊兩眼黯淡無光，驚慌失措地看著莎拉和妮姬。就連約翰也是這樣。

莎拉所引導出來的真相仍不足以令他們奮起。

「真是無聊。」

妮姬一臉無趣地垂下肩膀。

「這個國家有其他祕密結社？這分明是顯而易見的事實。」

「…………」

「這是需要『諜報機關的頭子特地親自出馬』『特地管制報導』『特地勞心費力四處設下圈套』的真相嗎？」

「妳顯然已經急到想要終止對話——」

「我已經厭倦妳的話術了。到頭來，妳根本沒能提出新的真相。我再說一次——」

妮姬豎起手指這麼說。

「這個國家裡確實有許多祕密結社。可是，那些全都是受到加爾迦多帝國間諜操控、唆使，為了讓國民彼此憎恨而安排的宣傳手段。在『反政府』這個口號下，違法行為在全國各地反覆上演，使得國民的安寧受到威脅。」

迷人的姿態，充滿魅力的堅定語氣。

她利用莎拉絕對學不來的優勢，企圖打動學生們。

「我的苦心有這麼難以理解嗎？妳要瞧不起他們也該有個限度！只要是為了拯救前途無量的年輕人脫離加爾迦多帝國的洗腦，無論多少時間我都願意投入！」

接著從她口中發出的，是宛如搖籃曲般充滿慈愛的聲音。

「妳別來破壞我和他們達成和解的美好夜晚。」

她巧妙運用聲音的強弱，瞬間擄獲「義勇騎士團」們的心。

妮姬的謊言實在太有魅力了。

讓人即使知道那是假的，仍情不自禁想要依靠她。不僅性命受到保障，她還會滿足人們的自尊心。就算生活苦了點，只要有英雄的稱讚就能忍耐下去。

因此，國民淪為國王的奴隸。

受到人們對加爾迦多帝國的憎恨保護的謊言，讓妮姬的勢力堅不可摧。

「剛才妳有跟這名灰桃髮少女說話對吧？她是妳的同伴？」

妮姬指著安妮特，語帶輕蔑地開口。

「在同伴身上藏炸藥的惡徒還敢大放厥詞？別笑死人了。」

「…………」

她的口氣毫不客氣，似乎已經不把莎拉放在眼裡。

現場氣氛瞬間為妮姬所掌控。原本不知所措的「義勇騎士團」成員們如今也表現出恭順的態度。

即使不使用武力，妮姬照樣擁有壓制全場的力量。

甚至不需要像緹雅一樣解讀人心，輕易便能奪走大眾的心。

「我現在就要拘捕妳。無論妳說什麼都不會有人聽的。」

妮姬一副勝負已定地朝莎拉走來。

不慌不忙。

不管莎拉說什麼都有辦法否定的從容。像在說人質根本不值得考慮的氣勢。

她的一舉一動，彷彿都在展現自己和莎拉的等級落差。

「又黑又髒的翅膀浮雕其實有兩層含意。」

莎拉開口。

她一點都不害怕朝自己走來的妮姬，明目張膽地瞪回去。

「因為帶有兩層意思，所以才讓人難以理解。浮雕的材質是銅，而覆蓋在上面的是像煤灰一樣的黑色粉末——銅和黑色粉末，這會讓人聯想到什麼？」

莎拉既沒有逃跑，也沒有舉起手槍。

她僅以言語當作武器，在這個講堂以更加鏗鏘有力的語氣大聲地說。

「一開始新聞報導寫道：『劇烈的轟隆聲響傳來，強光照亮了整片天空』——是這樣沒錯吧？可是留下爆炸痕跡的卻是位於地下的煤礦坑內。」

妮姬的步伐似乎微微加快。

儘管如此，莎拉依舊處之泰然。

「這個嘛，會渲染整片天空的火藥和金屬的焰色反應——那應該是煙火吧。啊，說到這裡，現任國王克雷曼三世好像很喜歡煙火喔？因前任國王在選舉中落敗，於是在兩年前即位的新國王。加冕儀式當晚，整座城內到處都在施放煙火。」

莎拉接著說。

「不過真不可思議耶，前幾天舉行的即位兩週年慶祝活動——卻連一發煙火也沒有施放。咦？好奇怪喔，難道國王其實不喜歡煙火嗎？」

她獨自大方面對妮姬這名超人，繼續說下去。

「看來似乎應該重新認知一件事，那就是國王並不喜歡煙火，煙火只不過是在『新國王即位的日子』被施放而已。至於『在罷工發生當天施放煙火』——這是偶然嗎？不對，現場其實有留下能夠將這兩者串連起來的東西對吧？」

儘管口才遠比妮姬來得笨拙，她仍拚命講述自己的理論。

「遺留在罷工現場的標語──**『國王將被取代』**。」

當點和點相連的瞬間，整件事情的真相也逐漸浮出水面。

當哪天某人前去調查那副慘狀時，說不定會在昏暗的採掘坑中找到「創世軍」沒注意到而被遺留下來的訊息。那段蘊藏祝願、強而有力的文字。

妮姬的肩膀微微顫抖。

簡直就像雖然很想馬上堵住莎拉的嘴巴，但要是那麼做就等於承認她所言屬實一般，因此而糾結掙扎。

「最後──聽說這個國家曾經有過一個名叫『ＬＷＳ劇團』的傳奇祕密結社。」

莎拉也額頭冒汗接著說。

「只不過奇怪的是，誰也不知道他們做過什麼，情報受到了管制。在這個國家裡，能夠辦到這一點的就只有『創世軍』。你們想必很努力地抹滅他們的歷史吧？你們將所有相關人士統統剷除。就像妳現在所做的一樣。」

這會不會是莎拉編織出來的謊言呢？

可是這個謊言卻很吸引人。

「喜歡高調而且冠上『劇團』之名的祕密結社——沒錯，煙火就是他們的象徵。」

莎拉明確地宣告。

「祕密結社『ＬＷＳ劇團』在兩年前讓國王被取代，並且至今依舊存在。」

妮姬停下腳步。

這番話確實帶來了衝擊。「義勇騎士團」們目瞪口呆，連「創世軍」的情報員們也發出細微的驚呼。這對他們而言大概也是令人震驚的事實吧。

「看來就連『創世軍』的情報員也沒有被告知呢。」

莎拉露出耀武揚威的笑容。

「前任國王居然向祕密結社屈服，從國王的寶座退下，也難怪這會成為國家機密了。『國王將被取代』並非標語而是事實，是實際發生過的歷史。」

「胡說八道。」

妮姬雖高聲駁斥，聲音中卻隱約流露出一絲焦躁。

「妳就這麼想要否定嗎？也是啦，畢竟國家的根基曾因祕密結社動搖的真相，象徵著妳和王政府的失敗！妳必須徹底隱瞞此事，將『ＬＷＳ劇團』的相關人士全部抹殺，所以妳才會在伯特倫礦坑群設下圈套。只因妳察覺煙火和結社的關聯性，於是想要藉此逮捕接近真相的人！」
「少拿那種無聊的謬論——」
「既然妳這麼說，那就說明妳來這裡的理由啊！拿出更加合理的解釋來！」
「…………！」
妮姬第一次語塞。
愛爾娜頓時明白，那才是她的弱點。
妮姬是這個國家的頂點。她比所有現役的間諜都來得優秀，不僅受到國民喜愛，也擁有出色的戰鬥力和領導力。名副其實的完美間諜。無可取代。
因此她的一舉一動——都會讓人想像背後帶有某種意義。
「不要屈服！不要被王政府編造出來的虛妄言論所迷惑了！」
莎拉向講堂內的人勸說。
「國王是你們可以憑藉自己的力量！親手從王位上拉下來的！如今仍有人抱著必死決心在持續改變這個國家！不要沉浸在絕望中！快想起真正的敵人是誰！」
和妮姬相比，她的演說確實拙劣。
可是她那蘊含真相和靈魂的話語，卻足以令「義勇騎士團」的成員們抬頭。
「持續抵抗吧——小妹等人在革命成功之前絕不屈服！」

莎拉高舉右手，語氣堅定地說。

「——**『LWS劇團』現任代表，『草原』莎拉將解放你們。**」

決定勝負的關鍵發言。

就某方面而言，莎拉的真實身分是聽眾最大的疑問。這名突然趕來，厲聲反駁妮姬的少女究竟是誰？答案在疑問膨脹至極限時揭曉。

——那個傳說中的祕密結社至今依然存在。

——其代表為了救助我們，趕來和妮姬對峙。

多麼戲劇性又充滿宿命感。

這番宛如大眾電影的發展，緊緊抓住「義勇騎士團」所有人的心。其威力足以將置身絕望深淵的政治運動家們拯救上來。

妮姬和莎拉何者的話比較有魅力這一點，已是昭然若揭。

畢竟儘管意志動搖，他們仍是一直以來從事反政府活動的人。

妮姬很快就做出判斷。

眼見眾人對莎拉的話轉而感到歡喜，她立刻揮手對部下下達指示。她十分乾脆地承認失敗。

接受自己的失誤並引以為恥，然後立即轉換方針。

本來對妮姬而言，籠絡「義勇騎士團」就只是A計畫。

如果失敗了，就毫不猶豫改行下個計畫。

B計畫才是必勝之計——也就是暴力壓制。

◇◇◇

妮姬對部下做出指示那一刻，莎拉也有了反應。

她對講堂內的「義勇騎士團」成員們高呼。

「大家快逃！這裡由小妹來應付！」

聽了那句話，好幾名同伴隨即準備起身，卻遭到講堂內的「創世軍」制止。「創世軍」朝他們的腳邊開槍，封鎖他們的行動。

妮姬的部下兵分兩路，分成監視講堂內的政治運動家不讓他們逃跑的人，以及準備即刻拘捕莎拉的人。在企圖逮捕莎拉的人之中，也有先前展現卓越本領的「艾詠」和「喀耳刻」。

反觀莎拉則是一派沉著，立刻就扔出煙霧彈。

那和愛爾娜剛才用過的一樣，是安妮特特製的煙霧彈。白煙瀰漫整座講堂。

安妮特像在呼應此舉一般大喊。

「本小姐將在十秒後啟動通訊器的炸彈！不許你們丟掉通訊器。」

她以冷酷言詞威脅從前的同伴們。

「——只要逃到遙控器的無線電波範圍外，就能保住性命喔。」

她的舉動顯示出那並非普通的威脅。

「義勇騎士團」的成員們開始一窩蜂地四處逃竄。

「創世軍」的人晚了一步才採取行動。「創世軍」的人數原本就比政治運動家們來得少，更重要的是，他們每一個人既是拘捕對象也是炸彈。假使隨便逮捕，有可能會受到爆炸波波及。若是使用手槍，也有因煙霧瀰漫而誤傷自己人之虞。

「大家快分頭逃跑呢！」

愛爾娜也拚命催促大家逃離。

「義勇騎士團」的同伴們已不再像先前那樣互扯後腿。所有人都因為莎拉的話產生了勇氣。

愛爾娜拉起點燃爆竹、擴大混亂的安妮特的手，拔腿狂奔。

即使無法全員逃離，應該也能讓相當的人數安然脫身。

「——別想逃。」

但是，一股足以將身體的熱度徹底剝奪的殺氣襲來。

根本毋須思考——是妮姬。

她似乎終於要親自出馬了。妮姬在煙霧中直線奔馳，企圖抓住愛爾娜。她那修長柔韌的手臂直直地伸向愛爾娜的脖子。

完全無法反應。

幫忙阻擋的不是人——而是黑狗和白貓。莎拉的寵物強尼和新寵物奧蕾莉亞，同時撲上前朝妮姬的手臂伸爪。

妮姬輕而易舉就閃避開來，並且使出迴旋踢將黑狗和白貓同時踢飛。

她滿臉不快地嘀咕。

「沒用的畜生。」

「妳講話真沒禮貌！」

槍口從煙霧中冒出來後旋即發射出子彈。

妮姬將脖子一扭，在千鈞一髮之際避開朝自己頭部射擊的子彈。接著，她狠狠瞪著持槍少女——莎拉。

「……妳是怎麼在短時間內擺平我的部下？」

「妳的對手是小妹喔！」
莎拉擋在愛爾娜和安妮特前面，保護她們。她笑著對愛爾娜揮手說：「妳們先走。」之後再次和妮姬對峙。
自信滿滿的表情。看來她似乎自有盤算。
愛爾娜小聲留下一句「之後再會合呢」，便拔腿衝向講堂外。她依舊牽著安妮特的手，決定把握住莎拉為自己製造的機會。
「創世軍」的追兵感覺變少了，大概是被莎拉打倒了吧。若非如此，她不可能穿越煙霧來到自己身邊。
（莎拉姊姊真的變可靠了呢……）
她的大幅成長令愛爾娜深受感動。
沒想到那個外表柔弱的她，竟然有了能夠對抗妮姬的實力。
愛爾娜也和安妮特合作，將途中遇到的一名部下打昏。所幸他的注意力放在別的地方，兩人才能順利展開突襲將他打倒。
她們衝出講堂的窗戶，這次總算能夠逃離妮姬的魔掌。
（之後和莎拉姊姊會合時，一定要給她一個超大的擁抱呢。）
愛爾娜在腦中描繪溫馨的未來。

即使身處困境，心中依舊洋溢著希望。這次的重逢便是如此充滿戲劇性。
想要共享內心的感受，她望向手牽著手的搭檔。
安妮特的眼神冷若冰霜。
「──────」
「──安妮特？」
兩人拚命移動雙腿，正一步一步往成功逃離靠近。
可是，安妮特的表情卻沒有笑意，簡直就像沒有感情的人偶一樣。

「……………莎拉大姊是不可能打贏的。」

和那副冷冰冰的表情形成對比，她的語氣中暗藏著強烈的悲傷。
「像大姊那樣的凡人，不可能贏過妮姬那種超人……！」
從體內深處升起的不安。
明知不可以仍忍不住回頭。
背後的講堂已化為地獄般的戰場。這時正好又有一個人，從愛爾娜剛才穿越的講堂窗戶衝出來。

——渾身是血的莎拉被彈飛。

即使如此她仍立刻起身，為了保護愛爾娜二人不受逼近的妮姬傷害。

◇◇◇

看在莎拉眼裡，一切有如慢速播放一般。

簡直好比走馬燈。

當莎拉和妮姬一對一對峙時，一名男子從她的背後現身。那個無精打采的男人記得應該名叫「塔納托斯」。他跪在妮姬旁邊，為妮姬獻上一把又長又大的武器。是槌子。超過兩公尺的長柄末端，安裝著沉甸甸的鐵錘。

雖然事前就有聽說，親眼目睹那件武器時依然教人不敢置信。

那便是她被譽為萊拉特王國最強間諜的原因。

——足以和「炬光」基德匹敵，世界最頂尖的戰鬥力。

無懈可擊。她不只擁有能夠迷惑大眾的美貌和演說能力，以及令敵人上鉤的技術手段，還能憑藉作為最終手段的極致暴力顛覆一切。

妮姬手下留情了。

攻擊莎拉的她，恐怕連十分之一的真本事都沒拿出來。

莎拉完全無法反應，回過神時整個人已經被打飛到講堂外。被擊中的左臂碎裂，左肩似乎也脫臼，無法動彈。被彈開時玻璃碎片好像劃傷了背部，背上傳來鮮血流過的感覺。

她和莎拉簡直就像不同的物種。

莎拉在東搖西晃的腿中施力站起身，盯著眼前的敵人。

「依我看，妳這名間諜根本沒什麼大不了的。」

妮姬將槌子扛在肩上，像在閒話家常似的對莎拉投以微笑。

「因為妳讓那幾個孩子逃走之後，雙腿立刻就發起抖來。妳利用動物將我一名大意的部下制伏這一點是很厲害，但其餘看起來全是靠詭計。」

聽了這番話，莎拉不禁苦笑。

她覺得自己已經很努力了，但結果看來還是完全敵不過妮姬。

「妳好過分喔，那說不定是小妹的實力啊。」

至少要引起妮姬的興趣，盡可能將她留在原地。莎拉一邊這麼祈禱，一邊緩緩地說。

妮姬用手裡的槌子敲打自己的肩膀。

「妳對『義勇騎士團』的內部情報相當了解，可是我卻沒有接獲妳這名人物的相關報告。妳是靠那個『高天原』的力量對吧？就我的猜測，那應該具備幾分鐘的錄音功能。」

「…………」

「換句話說，只要有擁有才能的同伴，妳就能直接引用他們的想法和點子。」

妮姬冷笑著說。

「──妳的能力不過是借來的罷了。」

似乎全被識破了。

只要使用「高天原」的錄音功能，就能和遠方的同伴交換情報。剛才她在講堂向「義勇騎士團」們做出的推理，全是葛蕾特的點子。誘導大眾的技巧是受到緹雅，打倒一名敵人的點子則是受到莫妮卡的事前指導。

她能夠在煙霧中打倒幾名「創世軍」的防諜情報員，也是運用了詭計。

承認被看穿的瞬間，她頓時感到全身無力。

「……妳說的沒錯，小妹只是普通的凡人。」

「我想也是。」

「但如果小妹是天才，說不定就會試圖打倒妳。」

這麼一來，莎拉一定早就慘敗了。

然後一旦她失敗，便會無法讓愛爾娜和安妮特逃脫。

「──只要能夠保護那幾個孩子，小妹很慶幸自己是個凡人。」

妮姬的眉毛微微一挑。

莎拉對於自己居然也能說出這種台詞感到意外，心想「這一定是託前輩們的福」的她泛起微笑，接受自己的腦袋即將粉碎的事實。

◇◇◇

想要立刻去救人的衝動湧上心頭，然而安妮特卻不允許愛爾娜那麼做。

她在握住的手中施力，拉著愛爾娜繼續前進。

愛爾娜的理智很清楚，現在即使回去，自己也不可能打倒妮姬。必須將莎拉創造出來的希望延續下去才行。若是回頭，就連安妮特也會被捲入危險之中。

儘管如此她仍不禁悲嘆命運。

「莎拉姊姊……」

她早就知道會有這樣的結局。

無法逃離拿出真本事的妮姬。要是可以，她們也不會採取革命這麼迂迴的手法。

——一切都是愛爾娜的錯。

要是她沒有和「義勇騎士團」搭上線，就不會被妮姬盯上。要是她在煤礦坑裡更加謹慎行事，「創世軍」就不會查出這個大學的據點。這一切都有可能隨著愛爾娜的選擇免於發生。

一面往前奔跑，她仍不禁回頭望去。

遠處的莎拉已經戰敗，頭破血流地倒臥在庭院裡的銅像旁。即使遠觀，也能看出她大量出血。

妮姬一臉感到乏味地拿著槌子，俯視莎拉。

「不要呢……好不容易可以重逢……怎麼會這樣……」

眼中開始滲出淚水。

倒在血泊中的莎拉已經動也不動。

「明明特地來救愛爾娜二人……結果卻……」

安妮特用力拖著腳步又變慢的愛爾娜。

什麼也無法思考了。

兩人拐過大學校舍的轉角，逐漸遠離講堂。她們穿越「義勇騎士團」們告知的密道，逃往地下，再使用安妮特準備的手電筒跑過臭氣沖天的下水道，來到大學外和「義勇騎士團」取得合作的教堂。

接下來只要沿著夜路狂奔，應該就能逃離「創世軍」。

成功逃出講堂的幹部有十幾人，約占總人數的四分之一。約翰也在其中。想到若是莎拉沒有趕來，所有人早就被妮姬拉攏過去，這樣的人數算是相當多了。

一來到教堂外，就見到一隻老鷹飛了過來。

「…………巴納德…………」

是莎拉的最佳搭檔，被賦予「炯眼」這個代號的勇敢老鷹。

好像只有牠一隻從大學逃了出來。牠降落在愛爾娜二人面前，身上戴著裝有機械的項圈。那是祕密武器「高天原」。

安妮特彎腰觸碰之後，「高天原」中隨即傳出說話聲。

『有聽見嗎？愛爾娜前輩、安妮特前輩。』

「────！」

是莎拉的聲音。

愛爾娜情不自禁將巴納德的身體捧到自己面前。

『小妹現在正在尼可拉大學旁錄製這段語音。妳們兩人都長大了耶。雖然有好多話想對妳們說，但是因為擔心電量不足，小妹就長話短說了。』
好像是事先錄製好的。
她果然早就料到會有這樣的結局——這個事實令愛爾娜感到窒息。
就在她浮現想要道歉的念頭時，一個溫暖的聲音傳入耳裡。

『請不要背負過多責任。』

她的語氣和一年前完全沒變，依舊是那麼地溫柔。
『愛爾娜前輩現在心裡是不是這麼想呢？「因為大家現在是分頭行動，所以我絕對不能失敗」。』
「…………！」
這句話令愛爾娜心頭一驚。
錄音機裡傳來莎拉的嘻嘻笑聲。
『小妹有點擔心愛爾娜前輩會因為太有幹勁而想要控制安妮特前輩……結果使得安妮特前輩產生反彈，一個人做出失控之舉……』
彷彿目睹過一切的發言。

愛爾娜和安妮特之間的關係看似契合，實則卻不然。

『不是那樣的。即使分開，小妹等人依舊彼此相連。妳們兩人失敗時會有同伴幫忙支援。』

莎拉的聲音總能觸碰到愛爾娜內心最柔軟的部分。

『——妳們兩人要同心協力，完成革命。』

錄音結束了。

機械停止運轉的同時，愛爾娜眼眶一熱。

一如她所言，愛爾娜二人和莎拉始終彼此相連。縱使分離，她們依舊一同為了革命這個目標而努力。只要同伴遭遇危機，其他人便會奔赴救援。

——我不是孤單一人。

這一年來，愛爾娜遺忘了這個理所當然的事實。過於焦躁的她沒有好好聽取安妮特的意見，結果掉進妮姬的圈套中。

莎拉的話溫柔且溫暖地指出愛爾娜的錯誤。

周圍的「義勇騎士團」成員們帶著滿臉不安，跑到放聲哭泣的愛爾娜身邊，催促她「得快點逃跑才行」。

唯獨一人，只有約翰像是發現什麼似的，注視著老鷹的項圈。
「剛才的聲音……是那名褐髮少女…………？」
他神色慌張地蹲在愛爾娜身旁。
「我、我問妳，真的可以相信她的話嗎？『ＬＷＳ劇團』真的還存在——」
「你這傢伙囉哩囉唆吵死人了！」
愛爾娜一把揪住「……什麼？」地瞪大眼睛的約翰的前襟。
然後對著這個什麼忙都沒幫上的男人大吼。
「那根本不是重點！莎拉姊姊所展現的東西要來得重要多了……！」
她以最大的音量震動喉嚨。

「——就算敵不過對方！只要還握有一絲勇氣，就能挺身對抗妮姬！」

莎拉的英姿無疑已刻劃在他們心上。
獨自一人對抗「創世軍」。講堂內所有人都目睹她勇敢的行為。
那將成為革命的極大助力——愛爾娜對此深信不疑。
「快點告訴『義勇騎士團』的所有協助者銷毀活動的證據！」

她不停發出怒吼。

「要是不快點，情報會從被捕的人口中洩漏出去！組織還保得住！不要讓莎拉姊姊搏命守護下來的成果白費了！」

見到約翰表情呆愣地眨著眼睛，愛爾娜心中湧現強烈的怒氣。

要是這個男人更優秀一點，應該就能採取明智的行動。將克蘿伊從煤礦坑帶回來一事確實是愛爾娜的錯，可是約翰聽從她的話、召集祕密結社的幹部們的愚蠢行為實在離譜。

在焦急難耐的情緒驅使下，愛爾娜態度強硬地怒吼。

「把代表的位子交出來！憑你成不了大事！」

從一開始就應該這麼做。

無論運用何種力量，都應該由愛爾娜來支配才對。一切都是愛爾娜的決心不足所致。

從這天晚上起，「義勇騎士團」大幅縮小了活動。

大部分的幹部都遭到「創世軍」拘捕，逃跑的幹部們則是借助協助者的力量，在新的地點成立據點，完全改在地下踏實地進行活動。表面上「義勇騎士團」的代表依然是約翰，實際上他們卻是聽從愛爾娜的指示行動，變得有如「燈火」的下層組織。尤其幹部們都對莎拉十分信任且忠誠。

莎拉立下的功績固然偉大，卻也付出相當大的代價。

——「草原」莎拉遭到逮捕。

失去如姊姊般仰慕的同伴，愛爾娜深深感受到椎心之痛。她知道被捕的間諜會有何下場。接受拷問，之後被處以死刑。

和「燈火」史上最強敵人妮姬的首戰，將以敗北閉幕。

而且是輸得體無完膚的慘敗。

「啊啊……」

哀慟的嘆息聲從愛爾娜口中流瀉而出。

「啊啊啊啊啊啊啊啊啊啊啊啊啊啊啊啊啊啊啊啊啊啊啊啊啊啊啊啊啊啊啊啊！」

縱使哭天搶地也改變不了現狀。

在完成革命之前，「燈火」的任務依舊沒有結束。

「現在的妳是以何種心境在投入訓練？」

克勞斯一下便輕易看穿莎拉的心情變化。

雖然莎拉並未隱瞞，仍不禁讚嘆他那敏銳的觀察力。

這一天輪到莎拉負責下廚。正當她忙著做飯時，克勞斯來到了廚房。同樣負責下廚的百合出去買甜點，此時廚房裡只有莎拉一人。

「小妹放棄成為一流間諜了。」

向一直對自己抱持期待的人坦承這件事，讓莎拉心裡十分難受。

「……這是什麼意思？」

納悶的語氣。

說她對那種反應不覺得難過是騙人的，可是她並不後悔自己做出的選擇。

「雖然小妹也沒資格說這種話，不過『燈火』的大家多半很冒失。」

「……就是啊。」

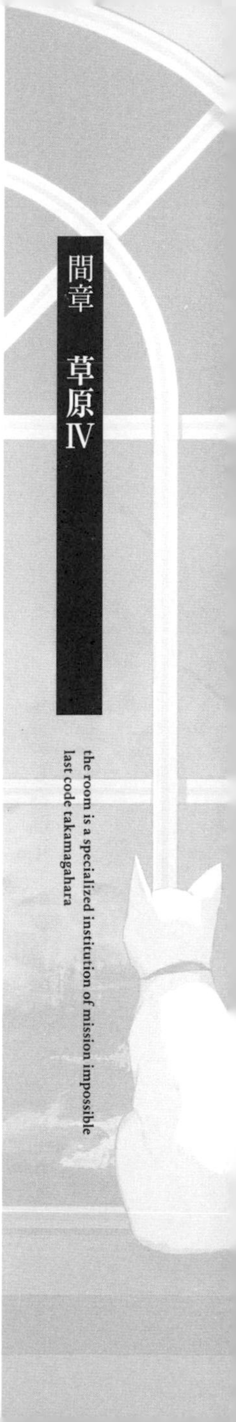
間章　草原Ⅳ
the room is a specialized institution of mission impossible
last code takamagahara

「所以比起發展自己的長處，小妹決定以成為彌補同伴短處的間諜為目標。小妹認為這麼做一定可以保護大家。」

不想成為才能突出的天才，而想成為沒有弱點的凡人。

這便是莎拉得出的結論。像是經常冒失犯錯的百合、體力令人擔憂的葛蕾特、缺乏社交能力的愛爾娜等等，「燈火」的少女們都有明確的弱點。

莎拉想要成為的是——能夠彌補同伴弱點的存在。

不需要有能力對抗強敵，反正她也辦不到。那種敵人會有其他同伴，其他擁有一流才能的同伴們會幫忙打倒。

——世上沒有人比小妹更幸運，擁有這麼多好同伴了。

正因為如此，莎拉決定相信她們。

「儘管土氣又不起眼，卻能夠保護同伴的二流間諜。這便是小妹的目標。」

首先，莎拉想要增進格鬥技術和對話技巧。那是愛爾娜和安妮特不擅長的領域。即使無法達到一流的程度，只要比她們來得厲害，一定就能保護她們兩人。

說出自己目前的預定計畫，莎拉不由得面露笑意。

「那算是積極正面的選擇嗎？」

克勞斯表情僵硬。

似乎無法理解莎拉的想法。

「我會讓妳聽海蒂姊的音樂並不是那個用意。我並不是想打擊妳，要妳認清自己的能力，然後逼妳妥協。我對妳的才能有很高的評價。」

能夠聽到像他這樣的間諜這麼說，實在令人感激不盡。

他和莫妮卡一直以來都時常鼓勵莎拉，認同她的才能，盡全力幫助她增進實力，並且表現出「妳是天才」的態度。莎拉能夠有現在的自己，無疑都是他們的功勞。

儘管如此，莎拉還是必須否定。在他們的鼓勵變成束縛自己的詛咒之前。

叛逆地活著。即使會背離某人的理想，她也要任性地過活。

脫離師父——那便是莎拉好不容易抵達的境地。

「其實在小妹看來，就連二流間諜都是太過高遠的目標了。」

莎拉老實說出內心的想法。

「畢竟小妹本來就希望總有一天要引退。」

好想早日辭去這種危險的工作。莎拉的個性本來就喜歡悠哉地過日子。她打算靠著成功報酬存下一大筆錢，在國外增廣見聞，最後有朝一日和同伴一起引退。

所以她不需要閃閃發光。

不需要成為中心人物。**只要能夠保護同伴的性命，即使滿身泥濘也無所謂**。

燎原之火——她想要當一片能夠將同伴的星星之火變成大火的草原。

在被賦予「燎火」這個代號的他身邊，莎拉總算學會了接納自己。在讓同伴的星星之火旺到無可阻擋之後，她自己只要燃燒殆盡、徹底消失就好。

克勞斯微微睜大雙眼。

「真的……」

「嗯？」

「我在想，我大概真的沒有能力指導妳吧。無論是無法懷抱夢想的現狀，還是夢想與現實之間無法填補的差距，妳全部都是靠自己解決的。」

莎拉從來不曾像現在這樣不知如何回應。

不久，他像是感到懊惱地左右搖頭。

「真是不可思議啊。儘管如此，此刻我卻仍深深地為妳感到驕傲。」

莎拉感覺到自己的臉倏地發燙。

光是那句話就讓她感覺一切值得了。

即使引退了，她在「燈火」度過的日子也不會白費。

不得不選擇的生存方式，和由自己掌握的生存方式截然不同。和間諜的生存方式兩相權衡後抵達的未來，有著無可取代的珍貴價值。

就連原本不打算說出來的話，也自然而然地脫口而出。

「其實小妹最近……有了另一個夢想。」

「什麼夢想？」

這時，烤箱發出清脆的聲音。放在裡面烤的料理完成了。

莎拉戴上隔熱手套，打開烤箱的門。熱氣伴隨著起司燒焦的迷人香氣飄散出來。

「等小妹引退開了餐廳之後——」

她從烤箱將焗烤料理取出，端給克勞斯看。莎拉將克勞斯教她的食譜，以自己的方式加以變化。

「——要讓老大成為小妹最忠實的顧客。」

她從克勞斯身上獲得了許多。

之後她想成為給予他的那一方。

「成為老大每天都想來吃的店，一輩子都願意來光顧的店。這就是小妹珍貴的夢想……」

暗自描繪的閃耀未來，始終在莎拉腦海裡縈繞不去。在「燈火」的同伴們圍繞下開店，然後克勞斯每天都會上門光顧。

一開始，她原本夢想可以每天和克勞斯一起工作，但後來覺得做料理給他吃更吸引人。只要能夠實現這個夢想，她甚至不惜賭上性命去奮戰。

「妳在說什麼啊。」克勞斯一臉意外地開口。

「我從這一刻起，就已經是妳的忠實顧客了。」

他沒有使用「好極了」這個口頭禪。

此刻他的內心，或許湧現了比那更加深刻的感情也說不定。當腦海中浮現那種想像時，發自內心的喜悅令莎拉幾乎喜極而泣。

終章　會合

the room is a specialized institution of mission impossible
last code takamagahara

「結果讓那兩個人跑掉了耶，真傷腦筋。」

妮姬在尼可拉大學的中庭聳了聳肩。

分散逃竄的「義勇騎士團」的幹部們接連遭到逮捕，而這一次他們全都被戴上了手銬。第一次拘捕時之所以沒有使用拘束具，是為了和他們建立友好關係，但最後結果卻是事與願違。

令一切大亂的，是突然現身的褐髮少女。

妮姬俯視在銅像旁昏倒的褐髮少女。她好像自稱名叫莎拉。

部下「塔納托斯」從妮姬手中接過槌子。

「……妮姬大人………這個褐髮女人究竟是………」

「就是啊，她到底是誰呢？居然自己去撞頭，把自己弄昏了。」

大概是為了不讓情報外流吧。

即使是妮姬，她也無法拷問失去意識的人。這是必須有相當大的膽識，才有辦法採取的行動。她甚至不給妮姬阻止的機會。

妮姬姑且命令塔納托斯替她進行急救處置。現在還不能讓這名少女死去。

一邊讓塔納托斯幫她止血，妮姬一邊觀察少女。那是一張稚氣尚存的臉龐。

「塔納托斯，你覺得如何？」

「咦？」

「我偶爾也想聽聽你的意見。」

「咦……妮姬大人居然會……」

塔納托斯躊躇一會後才開始說。

「……她說自己是『ＬＷＳ劇團』的代表應該是騙人的吧。代表不可能會為了那群學生冒險親自出馬……以加爾迦多帝國的間諜來說，她的做法又不太像……他們應該會採取更加粗野殘暴的手段……那個金髮女之前的頭銜是迪恩共和國的留學生……不過這也有可能只是偽裝，所以……嗚喔！」

還沒說完，妮姬便用力踹了他的側腹。

「那麼明顯的事情還用得著你說嗎？我想知道的是之後的事。」

少女的急救處置似乎已經完成。

之後何時會清醒得視她自身的體力而定。

「也就是這名褐髮少女及其同伴在革命結束之後想做什麼。」

「結束之後？」塔納托斯按著腹部，以含糊的聲音問道。

「我在想，她們的目的也許和『ＬＷＳ劇團』一樣——都是『曉闇計畫』。」

那個棘手的祕密結社過去也把革命當成一種手段。

想起從前和自己起過衝突的男人們，妮姬舔了舔嘴唇。

「……現在追查『曉闇計畫』的人………」

塔納托斯終於也想到了。

「……『蛇』……果然是那群傢伙……」

「不，未必是他們。說不定是那個——」

妮姬會中途止住話，是因為她的嘴角泛起笑意。

體溫上升。下腹部逐漸發熱。

「……您很興奮嗎？」

「我都這把年紀了，卻還興奮到子宮收縮哩。」

妮姬瞪大雙眼，開懷地笑。

「無論對方是誰，我都絕對不允許他干涉計畫——為了我無盡的初戀。」

塔納托斯興奮地吐出炙熱氣息。

「……啊啊……妮姬大人果然對那個人──」

妮姬毆打了塔納托斯的臉。

心情不悅。她對於他不是因為體罰，而是因產生奇怪妄想而發情這一點很不滿。

正當她踐踏昏倒的塔納托斯時，其他部下也紛紛回來了。看來他們果然追丟了金髮和灰桃髮少女。「義勇騎士團」的學生們不足為懼，但是那兩人需要特別警戒。

在場的「創世軍」部下們正在等待妮姬說下去。

妮姬並未告訴他們「ＬＷＳ劇團」的真相，然而事到如今已無法搪塞過去了。妮姬召集來的部下沒有笨到會聽信那種敷衍之詞。

妮姬望向現場十五名部下中的其中兩人。

在這次任務中表現格外亮眼的男女。從海軍選拔出來的出眾人才。

「『艾詠』、『喀耳刻』，我可以拜託你們一件事嗎？」

◇◇◇

「百鬼」席薇亞在十區的餐酒館裡不知如何是好。

她和搭檔「草原」失去了聯繫。兩人在遍訪王國位於世界各處的軍事基地、國王親衛隊的據點，尋找願意協助發動革命的人物時，發現伯特倫礦坑群有親衛隊聚集，並且也取得了親衛隊曾和工人爆發衝突的消息。

那個礦坑群恐怕其實是引誘間諜和祕密結社前來的圈套吧。

席薇亞二人也輕易上鉤，前往了伯特倫礦坑群。她們之所以能夠收集到情報而沒有落入圈套，都是拜莎拉的「高天原」之賜。莎拉讓身上裝有錄音機的老鼠潛入親衛隊位於各地的事務所。儘管因為錄音機經常掉在某處，能夠取得寶貴錄音的機率最多不到百分之一，但只要多試幾次還是能夠獲得成果。

可是，莎拉卻半途開始單獨行動。

莎拉和席薇亞離開煤礦坑後不久，愛爾娜和安妮特好像也造訪了煤礦坑。安妮特利用遺落的「高天原」，將祕密結社的情報傳遞過來。莎拉認為兩人處境危險，於是和正在其他地方活動的葛蕾特商量，趕赴她們身邊。

她好像被妮姬逮捕了。

（不過……既然她是為了保護愛爾娜和安妮特，那麼也沒人阻止得了她。）

席薇亞大大地吐氣，面露笑容。

（這麼一來就有兩個人被抓了啊……情況開始慢慢變得艱難了……）

她站起身，打算先結帳再說。

萊拉特王國規定十六歲以上才能喝酒，因此今年將滿十九歲的席薇亞早就已經大方出入酒吧，而不會受人責罵。她將一頭白髮留長，比兩年前更顯精悍的臉龐散發出成熟韻味。

現在的她失去了少女特有的圓潤感，卻換來一身運動員般線條分明、結實且柔韌的肌肉。她用緊實的雙腿走向出入口。

她把錢用力砸在櫃檯上，大大地轉動肩膀。

「——是時候會合了。」

莎拉被捕之後，一隻黑狗來到席薇亞的住所。

莎拉的寵物強尼雖然受了一點傷，眼神中卻充滿著使命感，讓人感覺牠比起幼犬時期成長了不少。

在牠的引導下，席薇亞來到尼可拉大學附近回收無數隻老鼠和白貓，之後又跟著牠前往郊外的公寓。

長大了的「燈火」的同伴潛伏在那裡。

「好久不見了，愛爾娜、安妮特。」

「席薇亞姊姊……」

幫忙開門的愛爾娜瞬間淚眼婆娑。她緊挨著進入室內的席薇亞，雙肩不住顫抖。

「都是愛爾娜的錯…………」

她的聲音中夾雜著嗚咽聲。

「……都是因為愛爾娜…………害得莎拉姊姊…………」

「妳沒有錯，一切都是莎拉自己做出的決斷。」

席薇亞將她抱過來，撫摸她的背。

愛爾娜在席薇亞的懷中搖頭。

「可是莎拉姊姊遲早會——」

大概連把話接著說完也令她感到顧忌吧。

遭到逮捕的政治運動家和間諜會被槍斃，或是以這個國家發明的人道處刑工具斷頭台斬首。以雙面間諜身分被饒過一命的可能性微乎其微。

室內深處，安妮特正面無表情地把玩某種機械。她一臉嚴肅，似乎沒有注意到席薇亞來訪，彷彿不活動手指便冷靜不下來似的。

愛爾娜將在尼可拉大學講堂發生的一切告訴席薇亞。包括她們和名為「義勇騎士團」的祕密結社往來、在煤礦坑工作，以及遭遇妮姬襲擊、被莎拉保護的事情。

席薇亞一度從愛爾娜身邊退開。
「我問妳，莎拉最後對妳們說了什麼？」
愛爾娜擤了擤鼻水。
「她要愛爾娜和安妮特……兩人…………同心協力完成革命。」
「她果然很有監護人的樣子。」
這個很有她個人風格的忠告令席薇亞不禁莞爾。
「沒有時間沮喪了。」席薇亞拍拍愛爾娜的肩膀。「反正只要讓革命成功，到時一切就會一筆勾銷。」
「咦？」
「『創世軍』想必不會隨便殺掉寶貴的情報來源。莎拉是遭到他們活捉。只要我們在那段期間侵占王政府，被捕的間諜就會全部獲得釋放。」
革命擁有改變整個法律的力量。過去也有好幾個政治運動家和罪犯因革命而獲釋的例子。
愛爾娜搖頭。
「可是要怎麼做——」
「——『ＬＷＳ劇團』真實存在。」

那是莎拉在伯特倫礦坑群掌握到的機密情報。

那場罷工是該祕密結社在背後牽線的可能性極為濃厚。

「咦……」愛爾娜瞠目結舌。

從她的反應來看，她可能原本以為一切只是虛張聲勢。

「莎拉是現任代表這件事當然是騙人的喲。儘管如此，卻也並非全是謊言。」

所以還有希望。

從前曾成功逼國王退位，對無數祕密結社帶來影響的傳奇組織。如今，該組織仍持續活動。

吉伯特在又黑又髒的翅膀中注入的兩層含意，或許也不是虛妄之詞。

——以「煙火」為象徵，萊拉特王國的最強祕密結社。

為了再次喚起愛爾娜的鬥志，席薇亞笑著說。

「莎拉為我們證明了一件事，那就是『創世軍』並未找到所有『ＬＷＳ劇團』的成員。然後，這個祕密結社正是妮姬如此警戒的原因。」

妮姬親自出馬的事實，證明了這個結社的重要性。她的戒心強到要在他們出沒的煤礦坑設下圈套，將來者全數逮捕的程度。

無法無視。這或許將成為革命的原動力。

「要開始行動了——我們要搶在『創世軍』之前找到『ＬＷＳ劇團』。」

莎拉的奮戰給了她們今後行動的方針。

——燎原之火。

莎拉保護下來的星星之火將化為大火。

而在草原上燃放的火將燒盡所有草木，任誰也無法阻止。

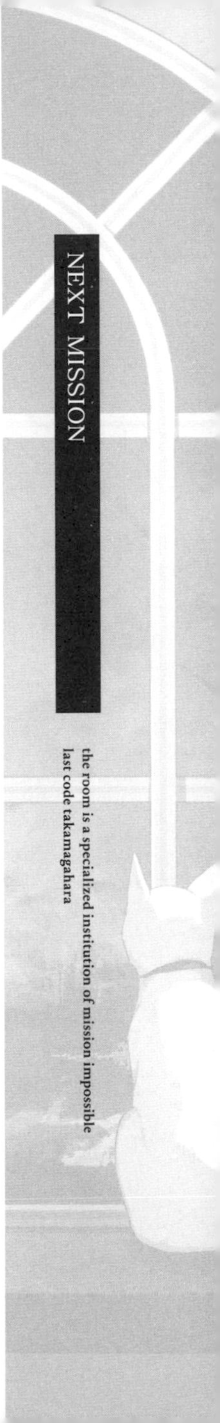
NEXT MISSION
the room is a specialized institution of mission impossible
last code takamagahara

◆◆◆　雙胞胎的故事Ⅱ　◆◆◆

「燈火」在萊拉特王國活動的三年前，有一對雙胞胎也曾在此暗中活躍。

迪恩共和國間諜團隊「火焰」的成員。

哥哥「煤煙」盧卡斯，以及弟弟「灼骨」維勒。

雙胞胎為了達成和「燈火」相同的目的，用盡了各種權謀術數。其目的是掌握自萊拉特王國中樞誕生的「曉闇計畫」的全貌。雙胞胎感應到這項計畫有可能令「火焰」瓦解的預兆，於是展開行動。

——以最不麻煩的方式掌握「曉闇計畫」的真相，然後將其摧毀。

他們主要是對貴族們設下圈套，四處收集情報。

做好各項事前準備之後，他們才正式嘗試顛覆這個國家。

位於琵爾卡六區的小房子。

這一天外頭下著大雨、天氣寒冷，雙胞胎在燒著柴火的暖爐前為一名少女講課。

「這個世界上有七個被稱為『終幕間諜』的人。

——『紅爐』、『妮姬』、『八咫烏』、『影種』、『鬼哭』、『炬光』、『咒師』。

這幾個人被譽為是終結世界大戰的功臣。」

主講者是哥哥「煤煙」盧卡斯。

兩人儘管長得一模一樣，舉止卻有著微妙的差異。

眼神如少年般天真無邪，經常笑容滿面的青年是哥哥。至於臉上儘管浮現柔和笑意，眼眸深處卻蘊藏深沉思慮的青年是弟弟。

盧卡斯以誇張的口吻為少女講課。

「『紅爐』和『炬光』是我們自己人，我待會兒再告訴妳他們的事情。『八咫烏』是穆札亞合眾國的諜報機關『ＪＪＪ』的大哥。他和我們同年代，在這個業界是頗具知名度的傑出人物，只不過他是正太控就是了。『影種』是別馬爾王國『卡思』的大叔，雖然興趣是吃人肉，但其實人並不壞。『鬼哭』是……我沒見過他耶。他是在各國諜報機關遊走的旅人，大戰當時好像是隸屬於穆札亞合眾國？『咒師』隸屬於芬德聯邦的『ＣＩＭ』，這個男人身上總是掛滿叮叮噹噹的裝飾品，因為實在很奇葩，所以一見到就能認出他。」

途中，他用鋼筆「啪啪啪」地敲打筆記本。

他一一舉出那七人的特徵，最後格外用力地拍打筆記本。

「然後——這之中最不妙的傢伙是『妮姬』。」

「這個事實真讓人不願意相信。」

聆聽講課的少女表情嫌惡地瞇起眼睛。

少女名叫蘇西，是一名聰明伶俐的金髮女孩。

雙胞胎在活動途中遇見了她。

就在她被孤兒院賣給惡質貴族、即將成為玩物時，盧卡斯救了她。之後，雙胞胎沒有將她送回孤兒院，而是僱用她幫忙協助兩人進行活動。

此刻，他們正在傳授蘇西實現計畫應有的基本知識。她也經常受到社會欺凌，對這個國家懷有恨意。

「不妙二字並不是說她是個變態喔。」

途中，弟弟維勒苦笑著說。

「意思是她無懈可擊。沒有清楚明瞭的弱點。」

「我忽然覺得稍微放心了。畢竟她是代表我國的人。」

「但這其實不是什麼好事啦。」

「那當然——我們的國王和首相正在搞鬼。雖然想知道事情的全貌，卻因為妮姬從中阻撓而無法出手——是這樣對吧？」

聽完說明的蘇西做出總結。

當初剛撿到她時，她表現得既乖巧又溫順，然而幾天後緊張感解除了，她的態度就變得沒大沒小起來。這大概才是她的本性吧。她專注地聆聽雙胞胎講課。

「我們家公主的理解力真好。」

聽到盧卡斯這麼稱讚自己，蘇西得意地挺起胸膛。

維勒也邊說「公主，吃個茶點、休息一下吧」邊遞出司康。

對於她這名難得的協助者，雙胞胎可是盡己所能地加以款待。一開始他們本來只是基於策略這麼做，不過現在另一個原因是因為蘇西總是喜形於色。

「兩位老師，我有問題！」

嘴巴四周沾滿司康碎屑的蘇西舉手發問。

「革命是能夠有效趕走妮姬的方法對吧？」

「嗯。」

「可是，要怎樣才能成功發起革命呢？那應該是不可能辦到的吧？因為國王和有錢人，還有妮姬一定會從中作梗。」

「讓『民眾』、『國王親衛隊』、『貴族』這三要素成為盟友。」

盧卡斯回答。

「這是最正統的手法。煽動民眾舉行集會和遊行，並設法讓國王親衛隊無力鎮壓，然後暗中和貴族等權力人士進行交涉，成立新政權。」

「這也就是所謂的人民革命對吧？」

「──我們不採取這麼麻煩的步驟。」

盧卡斯的話讓原本興奮的蘇西頓時一頭霧水。

這時維勒從旁補充。兩人因為某種緣故，無法花費太多時間在這件事情上。況且他們沒有義務為這個國家鞠躬盡瘁，因此即使稍微引發混亂也想盡快削弱妮姬的力量。

蘇西像在鬧脾氣似的說：「那要怎麼做啊？」

「一開始就直搗國家的中樞──目標是眾議員議會。」

盧卡斯讓嘴角詭異地扭曲。

眾議員議會——也就是國會的眾議院。

和由貴族組成的參議院不同，其議員是經由選舉選出。

儘管權力全部集中在國王手裡，但是議會並非毫無權力。雖然只有國王擁有提出法律案的權力，不過眾議院議員有權審議法案、要求修正。

依照常規，國王也無法完全無視他們的存在。

「目前眾議員的政黨勢力及特徵如下所示。」

維勒在手邊的筆記本上寫字。

【王黨派　支持國王統治的保守勢力。以貴族和教會人士為主。席次185

純理派　徹底追求立憲王政的中立保守。以沒落貴族、資本家為主。席次170

自由派　希望以民主主義進行統治的改革派。以律師、法學家為主。席次75】

接著維勒說：「勢力圖則是這樣。」並寫下以下文字。

【王黨派、純理派355席　VS　自由派75席】

王黨派和純理派的思想雖然有著細微差異，不過想法基本上一致，雙方都不希望徹底進行改革，支持由國王來統治國家。

對此表示質疑，身為國民代言人的自由派則是立場薄弱。

蘇西望著那些數字，臉上露出愁苦的表情。

「該怎麼說呢……這個國家果然沒希望了……」

「就某方面而言，帝國主義的時代反而比較好。」

維勒解釋道。

「至少國內的經濟比較繁榮。可是當侵略開始陷入停滯、帝國之間開始互相攻擊，景氣就瞬間崩壞了。大戰使得國土變成荒地，被當成軍隊壓榨的殖民地則是爆發罷工運動。貴族們也為了守住自己的財富費盡心思。」

但是遭到侵略的國家根本沒有油水可撈，盧卡斯笑著說。

總之，自從世界大戰爆發之後，萊拉特王國便陷入困境。不僅死亡人數是聯合國中最多的，國內經濟更是一片慘澹。由於大戰時王國曾從殖民國家動員兵力，因此也爆發了反抗運動。無數貴族因而沒落。

王國會占領加爾迦多帝國的工業區，也是為了稍微提振國內的經濟。

可是背後所產生的代價卻多由國民來承擔。
「國家的中樞——內閣當然全都是王黨派的議員。」
維勒拍打筆記本。
「現在問題來了，妳覺得要打倒王黨派應該怎麼做才對？」
蘇西掩嘴苦思一會兒後，猛然舉手回答。
「支持自由派！」
「公主，妳答錯了。」
「啊嗚……」
「這個嘛，雖然妳的答案並沒有錯，但要是那麼做就能改變政府，就不需要這麼辛苦了。」
盧卡斯對沮喪地垂下肩膀的蘇西笑道。雙胞胎溫暖地指導自由奔放的蘇西，已成為近來固定上演的戲碼。
盧卡斯用手指彈了彈維勒手中的筆記本。
「正確答案是——大力支持王黨派。」
為了打倒王黨派而支持王黨派。
對於這個乍看十分矛盾的答案，蘇西露出不解的表情。

這兩個月來，他們為了王黨派四處奔走。

一如先前所言，他們鎖定眾議員議會，徹底支持王黨派。

他們對不滿國王所提出的加稅法案的純理派議員進行身家調查，掌握弱點後加以威脅，或是將獲得的情報洩漏給王黨派。收受穆札亞合眾國龐大賄賂的純理派議員立刻改變態度，對王黨派的挖苦嘲諷悶不吭聲。

有時，他們獲悉純理派議員中了他國美人計的消息，會藉此威脅對方不得違抗王黨派。有時則是對和官僚勾結，獨占香菸販賣權的議員設下圈套。

在暗中展開無數行動的同時，他們仍持續向蘇西講課。

「不過這些本來就是我們一直在做的事情。」

盧卡斯一邊寫給新聞記者的告發信，一邊說。

「在此之前，我們就對沒落貴族、資本家——純理派議員和選民設下過圈套。我們和蘇西相遇，好像也是在收拾名為瓦托侯爵的沒落貴族時？」

當時，他在某位貴族經營的地下賭場工作。

維勒也一邊繼續作業，一邊附和。他正在寫情書給純理派議員的祕書。信中的一字一句都洋溢著好似出自真心的愛意。

「這個國家的上流階級真的很過分耶。無論殺人還是強姦，把一切全都掩蓋過去……醜聞簡直多到滿天飛呢。」

蘇西一面幫忙將兩人準備的大量信封封緘，一面歪頭問道。

「你是怎麼發現對方的弱點啊？」

「見到的瞬間就不自覺感應到了。」

「妳不要用常理來思考，因為我弟異於常人。」

應酬是他們的日常。

他們幾乎每晚都和拉攏過來協助自己的警察或法官進行密談，收集眾議院議員的傳言和弱點。沒錢的時候甚至會跑到國外，在地下賭場裡大賺一筆。遞水給結束兩三個聚會、喝得爛醉的兩人是蘇西的工作。

在那段期間，課程依舊照常舉行。

「……奇怪？可是就算抓住弱點，還是會被掩蓋過去吧？」

「就是啊……………啊，謝謝妳給我水……公主……」

「既然會被掩蓋，那不就沒意義了？」

「我們會賣給同樣是上流階級的人啦……把純理派議員的弱點洩漏給王黨派議員……」

「啊，是這樣啊。因為司法機關裡的王黨派本來就占多數……！」

「雖然不至於遭到逮捕，他們卻會變得不敢違抗王黨派。王黨派擁有影響力，國王就會變得愈來愈容易通過法案……酒醉好難受……」

兩人也一心一意設法增加協助者。

比起經常潛伏起來、擁有反政府思想的人，王黨派的支持者可以毫無顧忌地公開活動。兩人也透過和官僚往來，得以事前獲知國王想提出的法案，以及可能提出反對的人民團體。

他們收購了一家公司，利用該公司的信箱和不斷增加的協助者密切聯繫。蘇西負責從信箱把文件帶回來，然後雙胞胎會在藏身處仔細查看。

「感覺你們好像要把這個國家弄得更糟了。我的心情好複雜……」

「這一點我無法否認。」

「畢竟老實說，我們也沒有義務要拯救這個國家。」

「咦~好過分。啊，要是之後我在王國待不下去了，你們要帶我去迪恩共和國喔。」

「好啊，如果是公主那我非常歡迎。哥，你說是吧？」

「是啊。不過妳不用那麼擔心，最終應該還是會幫助到這個國家啦。」

「什麼意思？你們也是時候該告訴我了！支持王黨派的結果會是如何？」

「國王會自滅。」

「……………………什麼？」

就這樣暗中行動約莫兩個月後，大型報社刊登了某項法案成立的消息。

——「大戰爭特別財產補償案」。

這項法案的內容是由國庫補償在世界大戰中，因加爾迦多帝國入侵而蒙受的損失。只要土地或建物遭受一定額度以上的損失便能獲得補償。

簡而言之——就是直接發錢給貴族和資本家的制度。

對平民沒有任何好處的，國王的失控之舉。

「好過分…………」

從早報得知這個事實的蘇西，在藏身處氣得渾身發抖。她自從跟隨雙胞胎之後，便被命令每天早上都要閱讀報紙。

「為什麼這種法案會即將通過？他們究竟把我們的生活當成什麼——」

「——果然不出所料。」

在大吼大叫的蘇西旁邊，盧卡斯臉上泛起滿意的笑容。他稍微瀏覽報紙，用鼻子哼了一聲。

這才是雙胞胎的計畫。

「無論諜報機關多麼優秀，一旦國王或內閣腐敗就完全不是對手了。」

「咦？什麼意思……？」

「只要王黨派的勢力增長，純理派便會不得不和自由派聯手。」

維勒取出筆記本，在上面書寫。

「——政局即將產生變動。」

他再次顯示出中央議會的勢力圖。

【之前　王黨派、純理派355席　VS　自由派　75席

↓

現在　王黨派　185席　VS　純理派、自由派245席】

一目了然。

純理派換邊站，王黨派遭到孤立。各政黨的席次本身並未減少，因為雖然被抓住把柄，但是純理派議員並沒有人因此離職。儘管如此，政局卻有了巨大的變化。

蘇西總算明白雙胞胎的目的了。

「所以你們才會支持王黨派……目的是為了讓純理派換邊站……！」

「不過實際上還要更複雜一點啦。」

希望擴大王政權力的王黨派，希望採取立憲王政的純理派。期望維持既得利益的他們因思想相似，從前一直處於合作關係。

可是既然王黨派失控了，純理派便不得不和王黨派敵對。

他們對由所有上流階級獨攬利益的政治表示歡迎，卻不允許只有包括國王在內的更少部分階級得利。剛才的法案正是其象徵。從大戰以前就沒落的貴族、大戰後立刻復興的資本家所能獲得的好處很少。

——上流階級開始互相攻訐，王黨派因此蒙受損害。

蘇西簡直不敢相信。

危害王政府的人會遭到拘捕。那是這個國家的規定。

「妮姬和『創世軍』沒辦法阻止這種令王黨派傷腦筋的事情發生嗎？」

「他們無法取締對國王有利的行為。」

維勒的回答令蘇西倒吸一口氣。

「創世軍」在國內的工作職責，是取締反抗王政府的政治運動家和間諜。

但是盧卡斯二人————是站在國王這一邊。

即使妮姬識破他們的意圖，國王和內閣也不會同意拘捕兩人。就算是妮姬，她也不能隨便違背國王的意思。

利用反向思考——封鎖妮姬的行動。

這時，一隻信鴿飛到藏身處的窗邊。鴿子的腳踝上綁了一封信。他們的協助者只有在傳遞高緊急性情報時才會派出信鴿。

「收到密報了。聽說下星期就會提出。」

盧卡斯讀完信後笑著說。

「——提出內閣不信任案。」

議員之中也有他們的協助者。

一邊用水弄濕信紙將其銷毀，盧卡斯一邊說。

「既然反王黨派勢力已經過半，這也是理所當然的結果。眾議院即將舉行選舉。只不過，那位國王想必不會遵守無記名的選舉原則。接下來可有得忙了。」

遭提出不信任案的內閣應該會解散議會。

這麼一來選舉便將展開。假使王黨派慘敗，屆時國家將會確實產生改變。

盧卡斯的語氣十分愉悅。

「政黨的席次之爭宛如一場政治遊戲。而只要是遊戲，我是絕對不會輸的。」

堅若磐石的王政府轉眼已開始瓦解。

僅憑一個男人的盤算，便令原以為沒有希望的中央議會的政局產生動搖。

遊戲師——這是他自稱的頭銜。

煽動無數政治團體和利益團體的間諜。他運用意想不到的手腕，封鎖「創世軍」的行動，讓國王本人也不知不覺深陷圈套之中。

蘇西驚訝到好一陣子都合不攏嘴巴。

因為她發現眼前的男人，是不折不扣世界最頂尖的間諜。

這個事實不知為何——竟讓她感到心痛。

「…………感覺你們就算沒有我也能贏。」

她忍不住小聲嘟噥。

雖然是一起行動，她卻感覺兩人離自己好遠好遠。

「咦？我們當然需要妳啦。」

「妳在說什麼啊？我們的公主怎能說那種喪氣話呢。」

雙胞胎幾乎同時歪頭。

臉上泛起像在說「怎麼可能會有那種事」的溫暖微笑。

「革命需要火種。之後可能真的會請妳當『公主』喔。」

「…………？」

「不管怎樣，今後我們將不斷增加人手，所以得請妳幫忙當中繼點才行。妳可別再說『沒有我也沒差』這種莫名其妙的話了。」

聽了雙胞胎這番話，蘇西的心頓時溫暖起來。

少女並不了解雙胞胎的一切。

她一開始會幫忙，只是想回報兩人救自己一命的恩情，以及期待他們改變這個充滿絕望的國家罷了。

可是如今——她好喜歡這對雙胞胎。

兩人重視自己，把自己當成同伴看待的目光令她欣喜不已。

「吶，你們不覺得是時候替團體取名了嗎？」

對於維勒的提議，盧卡斯大大地點頭表示贊同。

「也對，畢竟組織也即將擴大。公主要幫忙決定嗎？」

同時被雙胞胎徵詢意見，蘇西感到臉頰發燙。

她在一陣慌亂下提出的點子，是從三人的名字中各取一個字母。儘管後來蘇西發現用能夠讓人聯想到他們名字的名稱來替祕密結社取名很不恰當，然而雙胞胎卻沒有否定她的意見，反而表示「好極了呢」、「好極了耶」。

所以，那個祕密結社的名稱中也有蘇西的「Ｓ」。

「——『ＬＷＳ劇團』。」

之後令國王布諾瓦退位，充滿謎團的祕密結社於焉誕生。

◆◆◆

「火焰」的雙胞胎撒下了許多種子。

——「草原」莎拉。從前盧卡斯挖掘的，喜愛動物的少女。

不只是她，還有其他三個存在也早已開始萌芽。

——兩人所創立，被「妮姬」視為最危險祕密結社的「ＬＷＳ劇團」。

——維勒親自挖掘的，擁有驚人才智的才女。

——以及兩人比誰都掛心，當成寶物一般珍視的弟弟。

那些將在不久後，成為大大撼動這個國家的力量。

◇◇◇

安裝煙火。

帶著希望在伯特倫礦坑群搏命發起罷工運動的人，靈魂能夠獲得平靜撫慰的祈禱。罷工的中心人物大概會被處以死刑吧。所有涉案人士都將受到處罰，絕望到再也不敢違抗王政府，又或者在「創世軍」的威脅下順從他們。

可是，不能讓這一連串的抵抗被當成沒發生過。

應該會有人知道才對。知道那個高貴的祕密結社至今仍存在於這個國家。無法大聲說出來讓人好不甘心，於是只好以施放煙火來取代。能夠理解的人一定會出現。理解該祕密結社曾逼退這個國家的國王，卻被那段歷史所埋葬的事實。

——「火是我們的象徵。」

從前身為團長的男人這麼說，然後從前的副團長接著說下去。

——「要讓火持續燃燒。這麼一來，我們的同伴就能找到方向。」

兩人臨死之前的遺言。

少女忠實地聽從了。

煙火的製作方法是他們傳授的。她向陸軍裡面的同志要來火藥，用手錶做成定時式。施放時，安裝者早已不在現場。

完成安裝後，她在弗里德里希工業區的一角進行確認。

她坐在空無一人的墓地裡，仰望夜空。

「盧卡斯先生、維勒先生……」

望著炸裂的煙火，少女帶著細微的吐息開口。

「……我究竟該持續等到何時呢？」

雙胞胎死去的兩年後，少女依舊在原地等待著。

◇◇◇

一隻鴿子飛到了琵爾卡一區的高層大樓的屋頂上。

那隻眼熟的胖嘟嘟鴿子看起來無精打采。羽毛也沒有經過梳理，顯得髒兮兮的。大概是飼主不在身邊的關係吧。

「灰燼」莫妮卡取下綁在那隻鴿子腳上的紙。

「……莎拉被捕了啊。」

讀完以暗號寫成的報告書，她立刻將紙點燃，扔向夜晚的街道。報告書在掉落地面之前便徹底燒成灰，隨風飛散。

儘管早已得知內容本身，再次被告知這個事實仍令她不禁微微嘆息。

一旁的女性笑了。「夢語」緹雅。她兩手抱著鴿子，憐愛地撫摸鴿子的頭。

「妳氣到快爆炸了嗎？」

「嗯？」

「因為妳是那孩子的師父啊。妳這個做師父的要親自報仇嗎？」

「才沒有哩。」

莫妮卡從緹雅手中接過鴿子，將牠拋向夜空。

名叫艾登的鴿子在琵爾卡的上空振翅飛翔，逐漸融入夜空中。

「避免和『妮姬』接觸，悄悄地發起革命才是當初的計畫吧？現在要是去和她接觸，作戰計畫就失去意義了啊。」

緹雅像是表示同意地笑著說。

「不可能一切都按照作戰計畫進行啦。」

「算了也罷，反正革命的難易度已經清楚顯現出來了。」

將被夜風吹動的頭髮往上一撥，莫妮卡笑道。

「那就不去管什麼革命吧——在下要直接掌握『曉闇計畫』。」

那只不過是聲東擊西之計。

——如果那樣就能成功，就不需要這麼辛苦了。

克勞斯做出這樣的判斷，擬定了成功發起革命、削弱「妮姬」的計畫。儘管如此他還是成立直接和「妮姬」交手的小組，目的是為了限制她的行動。

但是在莫妮卡看來，那種可能性完全不值得考慮。

「這樣才是完全背離作戰計畫吧？」

一旁的緹雅面露苦笑。

「我們應該從頭到尾都負責牽制和當誘餌耶？」

「在下從一開始就沒打算那麼做。」

「太好了，妳我聯手一定可以攻破敵人。」

「妳只會礙事。在下要自己一人打倒妮姬。」

「……妳果然想要報仇對吧？」

兩人瞪著位於琵爾卡中心的「創世軍」本部。

「妮姬組」──負責最危險任務的兩人靜靜地讓鬥志高漲。

◇◇◇

克勞斯一面感受自己澎湃的心跳，一面不停地走著。

距離萊拉特王國首都琵爾卡約四百公里的都市。他離開「燈火」的少女們，在加爾迦多帝國的首都達爾頓緩緩地前往某個目的地。

因為他接到一件無論如何都無法推辭的任務。

那封信被十分大膽地送到迪恩共和國諜報機關本部。

──【我們願意投降。可以讓我們和「燎火」見面嗎？】

克勞斯立刻就被告知這個出人意表的寄信人和信件內容，而他在和高層討論之後決定赴約。對方希望單獨對談，因此克勞斯沒有帶人同行。

他抵達的地方是一棟山丘上的宅邸。那棟大洋房位於遠離達爾頓的喧囂的郊外，整體雖然維護得不錯，不過大門等部分的設計卻充滿了歷史感。這裡大概是興建於幾百年前的貴族別墅吧。

確認設計樣式是來自哪個國家後，克勞斯推測出對方的來歷。

沒有人來迎接。到處都不見守門人和傭人。

這棟別墅現在大概無人居住吧。

因噴水池乾涸而平添空虛的庭院裡擺了桌子，桌子兩旁各有一張花園椅。

一名男子坐在椅子上。

「請原諒我特地把你找來。」

聲音聽起來不太自然。大概是喉嚨有接受過特別處置吧。

對方比想像中年輕許多這一點令克勞斯感到驚訝。

在此等候的是一名不到二十歲的美少年。至少他應該比克勞斯來得年輕。五官的輪廓不深，看起來宛如面具般缺乏生命力。瀏海長到蓋住臉上的眼鏡邊緣。身上穿著做工精緻的名牌外套，從挺拔的坐姿也能窺知其優雅的氣質。

男子乍看給人纖細柔弱的印象，但是視線交會的瞬間，克勞斯立刻改觀了。

——蘊藏在眼底深處的，是沿著地獄之路勇往直前的決心。

渾身散發出讓人本能地覺得「不可以看」的氣息。

「因為我的身分不太能夠自由行動。請容我為自己的各種無禮之舉表示歉意。同時，我也很高興你願意前來，『蒼蠅』的愛徒。」

「不准再用那個名字稱呼我師父。」

克勞斯簡短地反駁後，在他正對面的花園椅上坐下。

他謹慎地警戒四周，卻沒有發現除了眼前少年外的其他人。看來他也是單獨前來，抱著也許會遭到殺害的覺悟。

少年回了一句「抱歉」，然後定睛直視克勞斯。

「身為『蛇』的老大——我無論如何都想跟你做一筆交易。」

在遠離萊拉特王國的土地上，兩人展開會談。

「燈火」與「蛇」，這便是為了世界級祕密互相殘殺的兩支間諜團隊的老大的邂逅。

這雖然不是應該出現在第十集後記的內容，還是請各位讓我說說寫第九集時的事情。

最近這陣子，作者我本人會將自己親手描繪的《間諜教室》的單頁漫畫放在推特上。

由於不時有人會瞎猜「你要從輕小說作家轉行成為漫畫家了嗎？」、「這是輕小說作家的嶄新社群媒體行銷策略嗎？」，因此我在此一併回答，那真的只是我的一項「興趣」，沒有其他理由。自從寫小說這項興趣變成工作之後，我有好長一段時間都找不到人生的消遣，直到最近我終於找到創作漫畫這項興趣。起因是我在引用轉發《間諜教室》的粉絲創作的過程中，開始產生「我也想從事《間諜教室》的二次創作！」的對抗心理（但不曉得這種情況算不算二次創作）。可能是使用的大腦區域不同吧，即使我寫稿子寫到筋疲力竭還是有辦法畫漫畫。雖然現在畫得還很差，還是希望各位能夠耐心繼續欣賞下去。

然後在我一邊寫第九集，一邊把漫畫當成轉換心情的方法創作時，我發現了一件事。

「……安妮特和愛爾娜這個組合超好畫的。」

這兩個人到底是怎麼回事啊？我喜歡的組合明明有很多，可是每當我想在一頁的有限篇幅內

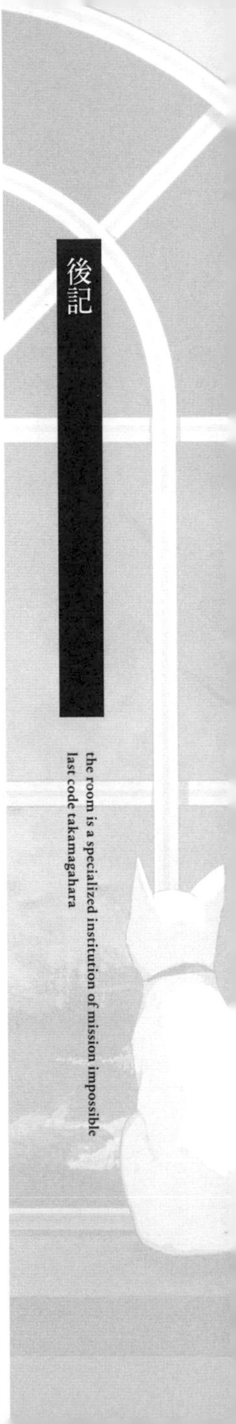
後記
the room is a specialized institution of mission impossible
last code takamagahara

畫些什麼時，卻找不到其他比她們更好發揮的組合。我又重新認識到她們的可能性了。光是說著「呢～呢～」就好可愛。

由那兩人展開的第十集。然後既然她們兩人活躍起來，「她」自然也必須發奮振作——這是以作者公認的監護人，莎拉為主角的一集。

見到這三人共同努力奮鬥，真的會讓人感觸良多耶。

以下是感謝的話。接續上一集的話題，トマリ老師，真的很感謝您願意答應我「改變所有主要角色的外貌」的無理要求。我每次都好期待見到陸續完成的設計。再來是成為我寫作推動力的各位動畫工作人員。影像、聲音、音樂、商品，每一樣都帶給我創作的靈感，我在此向各位致上由衷的感謝。然後，我也要再次謝謝總是轉發我的漫畫，給予我溫暖評論的跟隨者。我每天都卯足全力，希望能夠呈現出更精緻的作品，好讓各位能夠在本篇的空檔好好欣賞。當然，我會控制在不對本業造成妨礙的範圍內。

關於動畫，現在這個時候應該正好在播映原作第三集的部分。（註：此指日版出版時間）我會繼續努力寫稿，不被動畫的氣勢所掩蓋。

接下來即將邁入第十一集。我希望可以乘著動畫的氣勢，提早將作品呈現在大家面前。有所成長的姊姊們將陸續趕到——也許吧。那麼，大家再見。

竹町

魔石傳記 獲得魔物力量的我是最強的！ 1~2待續

Kadokawa Fantastic Novels

作者：結城涼　插畫：成瀬ちさと

以「王」為目標的少年展現自己真正的價值
——覺醒的第二集！

多虧轉生特典，我可以從魔物的魔石中，盡情吸收能力！

作為王儲終於開始熱鬧的學園生活，然而在充實的新生活背後，卻發生了史上最嚴重的魔物災害。為了守護最重要的國家、最重要的人——就連「詛咒魔石」的力量，我都要化為己有！

各 NT$240~250/HK$80~83

驕矜狂妄反派貴族的惡行惡狀 1 待續

Kadokawa Fantastic Novels

作者：黑雪ゆきは　插畫：魚デニム

迴避自負導致的毀滅結局吧——
運用「壓倒性的才能」開創命運！

我轉生成了奇幻小說的反派貴族——盧克·威薩利亞·吉爾伯特，是陶醉於自身怪物般的才能，最終被自己輕視的主角打敗的「配角」。為了迴避「毀滅結局」……只能放下自負開始努力！原先注定毀滅的反派認真起來，原作的故事將澈底脫軌！

NT$240/HK$80

位於戀愛光譜極端的我們 1~7 待續

Kadokawa Fantastic Novels

作者：長岡マキ子　插畫：magako

「今年夏天，我和月愛要在沖繩……
哇喔喔喔喔喔～！」

縱使龍斗與月愛兩情相悅，卻不慎錯失進一步發展的時機。即使兩人因為彼此的日常而忙碌，還是一同朝夏天邁進。另一方面，理應各自下定決心的同伴們似乎遲遲無法踏出向前的腳步？天空與海洋皆一片蔚藍的夏天，龍斗等人的心卻蒙上一層厚重的積雲——

各 **NT$220~250/HK$73~83**

妹妹進入女騎士學園
就讀，不知為何成為救國英雄的人
竟是我。
2
author ラマンおいどん
插畫 なたーしゃ
After my sister enrolling in Girl Knights' School, I become a HERO
Kadokawa Fantastic Novels

在地鐵拯救美少女後默默離去的我，成了舉國知名的英雄。 1~2 待續

Kadokawa Fantastic Novels

作者：水戸前カルヤ　插畫：ひげ猫

濫好人英雄的學園戀愛喜劇，愛情發展也很火熱的運動會篇揭開序幕！

雛海不知道自己的救命恩人正是涼，就這樣與他慢慢地加深感情。而時值眾人正在準備與他校聯合舉辦的運動會，名叫草柳的男人突然現身表示：「那天的英雄就是我。」得知草柳以恩人之姿積極接近雛海的卑劣目的後，涼為了保護她而在背地裡展開行動……

各 NT$260/HK$87

我和班上第二可愛的女生成為朋友 1~3 待續

作者：たかた　插畫：日向あずり

大受歡迎的戀愛喜劇動畫化企畫進行中！
順利成為「男女朋友」的真樹與海一起向前邁進！

終於與「班上第二可愛」的朝凪海成為男女朋友的前原真樹在聖誕節之後病倒，於是在海的好意之下於朝凪家接受照料。此外兩人還一起度過了情人節、白色情人節，以及海的生日。低調男與第二女主角展開交往，情感連結更加強烈的第二集！

各 **NT$250~270/HK$83~90**

匿名拯救了厭男美女姊妹後會發生什麼事？ 1 待續

Kadokawa Fantastic Novels

作者：みょん　插畫：ぎうにう

想要被甜蜜且濃厚的愛包圍嗎？
與懷抱H祕密的姊妹倆一起度過！

我在同年級的美女姊妹遭到強盜襲擊時出手相救。聽說她們姊妹「討厭男人」……可是妹妹藍那會壓來豐滿的胸部對我撒嬌，姊姊亞利沙穿著女僕裝想要侍奉我——跟傳聞完全不一樣啊！她們兩人對我付出的愛意甜美得令人舒服，讓我想要委身其中——！

NT$240/HK$80

國家圖書館出版品預行編目資料

間諜教室. 10,「高天原」莎拉/竹町作；曹茹蘋譯.
-- 初版. -- 臺北市 ：臺灣角川股份有限公司,
2024.04
面； 公分. -- (Kadokawa fantastic novels)
譯自：スパイ教室. 10,《高天原》のサラ
ISBN 978-626-378-762-9(平裝)

861.57 113001895

Kadokawa
Fantastic
Novels

間諜教室 10
「高天原」莎拉

（原著名：スパイ教室 10《高天原》のサラ）

2024年4月17日 初版第1刷發行

作 者：竹町
插 畫：トマリ
譯 者：曹茹蘋

發行人：台灣角川股份有限公司
總 監：呂慧君
總編輯：蔡佩芬、朱哲成
主 編：林秀儒
設計指導：陳晞叡
美術設計：莊捷寧
印 務：李明修（主任）、張加恩（主任）、張凱棋

發行所：台灣角川股份有限公司
地 址：104台北市中山區松江路223號3樓
電 話：（02）2515-3000
傳 真：（02）2515-0033
網 址：www.kadokawa.com.tw
劃撥帳戶：台灣角川股份有限公司
劃撥帳號：19487412
法律顧問：有澤法律事務所
製 版：尚騰印刷事業有限公司
ISBN：978-626-378-762-9

SPY KYOSHITSU Vol.10 《TAKAMAGAHARA》 NO SARA

First published in Japan in 2023 by KADOKAWA CORPORATION, Tokyo.
Complex Chinese translation rights arranged with KADOKAWA CORPORATION, Tokyo.